ピカソになれない私たち

一　色　さ　ゆ　り

幻冬舎文庫

ピカソになれない私たち

1

春のやわらかい光が、アトリエに溢(あふ)れていた。

新年度がはじまったばかりで、アトリエのなかは卒業生によって片付けられている。

壁と同じく白いドアの開く音がして、ゼミ生たちはしゃべるのをやめた。

入ってきた森本(もりもと)教授は、脱いだジャケットを脇にあったイーゼルにかけると、挨拶もなくこう訊(たず)ねた。

「なんで並べてないんだ」

ゼミ生たちは顔を見合わせる。

「私に課題を見ていただく気がないのか、お前ら？」

決して大きくはないが、低くて迫力のある声。まるでそんなことも言わなきゃ分からないのかと心底嫌気がさしているような。

数秒ののち、ゼミ生たちは弾(はじ)かれたように、最初の課題として先月のオリエンテーシヨンのときに言い渡された「自画像」をイーゼルに置いた。慌てるあまり、イーゼルを倒してしまう者もいた。

もっとも手近なモチーフであり、描く者をうつしだす鏡でもある「自画像」は、絵画表現の基礎とされ、生涯数えきれないほどの自画像を残したレンブラントをはじめ、多くの画家によってくり返し描かれてきた。

まもなく計四枚の「自画像」が、壁際に並べられた。縦一メートルのF40号に描かれた油画が二枚と、デジタルで編集されたような同サイズのアクリル画が一枚、そして他よりひと回り小さな水彩画が一枚。

痩身の猫背で、こけた頰や鋭い鼻梁が神経質そうな印象を与える森本は、それらをざっと一瞥すると、眉間にしわを寄せ深いため息をついた。ゼミ生たちは息を詰め、つぎの言葉を待つ。そのうちの一人猪上詩乃は、森本と目が合い、とっさに顔を伏せた。

「もう少しまともなものが描けると思ったんだがな」

アトリエの室温が、数度下がった気がした。

森本は落胆と苛立ちをやり過ごすように、煙草に火を点けた。ここ東京美術大学では、数年前に学内全面禁煙が定められていたが、誰もなにも言えない。

「これは、どういうつもりで描いた?」

森本があごでしゃくったのは、ゼミで最年少である汐田望音（しおたもね）の絵だ。

小柄で色白な望音は、小学生と見間違われてもおかしくない童顔で、初日から絵具で汚れたつなぎの作業着姿である。髪は輪ゴムでひとつに束ね、私は絵さえ描ければいいんですというのが風貌から伝わる。

描かれたのは、豊かな色使いの「絵を描いている自分」というモチーフだった。フェルメールやベラスケスをはじめ、古今東西の巨匠たちも作品のなかに、制作中の自分の顔や背中を忍ばせてきた。

「心に浮かんだイメージを、絵にしました」と望音は小声で答える。

「聞こえないぞ」

すみませんと言って、望音はボリュームを上げて同じ台詞（せりふ）をくり返す。

「それだけか？」

望音は「自画像」をじっと見つめたが、つぎの言葉は出てこない。

「この絵は君が描いたんだろう？　だったら、描いたこと、伝えたいことに責任を持て。理解されなくてもいいとか、自分の世界にこもっていればいいとかという考え方は早く捨てることだ」

澱（よど）みなく言い終えると、森本はとなりのアクリル画に視線をやった。

それを描いたのは、五浪を経てこの大学に入った中尾和美（なかおかずみ）である。春休みのあいだにショートヘアをピンクに染めたらしく、サイケデリックな柄のシャツと革ジャンで武装している。奇抜な白ぶちのメガネは、本人いわくキャラ付けのためらしい。

絵のなかの人物は影のようで「自画像」には見えない。よほど緊張したのか、望音の態度を戒めとしたのか、ごくりとつばを呑んだ和美の口から、コンセプトが堰（せき）を切ったように溢れ出てきた。

「ラカンによれば自我とは主体の自律的、統合的機能ではなくそのような機能の妄想でしかありません、したがって真の自我を表現するためにこの作品では現代の『自画像』すなわち自撮りをネットで集めて何枚もレイヤーを重ねて――」

「いつ私が説明しろと言った？」

「え、でも」

「難解な言葉をこねくり回す理論書は破って捨てろ。コンセプトを饒舌（じょうぜつ）に語るのは、本当に面白い作品をつくってからだ。そうじゃないなら、すべて面白い作品をつくれなかったことへの言い訳になる」

これじゃ新入生の作品の方がよっぽどマシだな、と森本は鼻で嗤（わら）う。

和美がどんな顔をしているのか、詩乃は怖くて確認できなかった。

つぎは、小野山太郎（おのやまたろう）の水彩画である。

正面から捉えた顔をありのままに描くという、もっともオーソドックスで堅実な画面構成である。近年の東京美大では男子学生は全体の三分の一にも満たず、このゼミでも唯一の男性だ。無造作な髪形も無地のTシャツも、爽やかだが特徴のない醤油顔や中肉中背の体型によく似合う。

「君は、絵画を本気でやりたいと思ってるのか」

思いがけない質問だったらしく、太郎はやや時間を置いてから「思ってます」と答えた。

「そうか？　私にはとてもそうは見えないな」と森本は冷笑した。「この絵には情熱や意志がさっぱり感じられない。この程度の熱量で食っていこうなんて思ってるんなら、絵の道は諦めて就活でもしてろ。といっても、うちのネームバリューで運よく就職できたところで、君みたいに自分がないやつは役に立たないかもしれんがな」

太郎は口をひらきかけたが、反論しても火に油を注ぐだけだと思ったのか、あるいは反論の余地がないのか、結局他のゼミ生と同じく黙って項垂（うなだ）れている。

いよいよ森本が自分の絵の前に立ち、詩乃の心臓は激しく高鳴る。

そのとき、廊下から油画科の同級生のにぎやかなしゃべり声がした。彼らは開け放たれたドア越しに、アトリエで早くも講評会が行なわれ、重苦しい空気が漂っていることに気がつくと、水を打ったように静かになった。

「これは、どういうつもりで描いた？」

正面を向いて座っているが、大きく上体を捻ってふり返っているため、顔の表情が分からない、という「自画像」を詩乃は描いていた。

何人かの同級生が、廊下から遠巻きに好奇の目を向けているのが分かる。詩乃は何度もコンペティションで公開審査を受けてきたが、こんなに緊張したことはない。小さく息を吐いたあと、事前に用意していたコンセプトを説明する。

「顔を隠すことで、世の中における自分の匿名性を表現しています。身につけている服だけは鮮やかに描くことで、ふり返っても暗闇しかないという所在のなさを強調しているというか――」

「違う」

森本は怪訝そうに遮った。

「どういうつもりで、他人の絵を提出したのかと訊いたんだ」

他人の絵、という部分を森本は強調し、「くだらない作品ばかり提出されたせいで、禁煙なのを忘れてたじゃないか」と言って、携帯灰皿で煙草を消した。

自分は今、なにを言われたんだろう。

理解したとたん、さっと血の気が引く。

え、どうしてバレたの？

詩乃は最後までプランが固まらず、ネット上で見つけた海外の名もなき作家の画像をネタ元として、悪気なく引っ張ってきていた。わざと「引用」したのだと主張すれば許容されるだろうと思っていたが、大勢の前で「他人の絵」と言われるなんて――。

突如として、匿名性を表したはずの後頭部が、うしろめたくて必死に顔を隠しているだけの醜態と重なる。

「いや、私の思い過ごしかもしれないな」と穏やかに笑って、森本は頭に手をやった。

「この絵は、君のアイデアで描いたのか？」

「……はい」

「なるほど。なにも参考にしなかったんだね？」

それまでとは対照的に優しい態度だったが余計におそろしい。森本はすべてを見透かすような、ぎょろりとした目で探るように見つめてくる。怖い。怖すぎる。思わず、詩乃は視線を逸らした。

「お前、パクったんだろ？」

しんとしたアトリエで、その一言はよく響いた。

胃が収縮して、吐きそうになる。

「どういうつもりだ！」

とつぜん感情を爆発させるように、森本は角椅子を詩乃のイーゼルに向かって蹴り飛ばした。キャンバスもろとも大きな音で倒れ、その場が凍りついた。大勢の視線に突き刺されるなかで、やっと詩乃は「すみません」と呟く。

「前期の最初の課題で、どうして他人の絵を提出した？　どうして嘘をついた？　これは引用でもなんでもない。ただの素人以下のパクリだ。誰も気づくわけがないと高を括っていたんだろうが、馬鹿にもほどがある。お前のＳＮＳに上がっている画像だって、大半がパクリだろう？　答えられないだろうが、『引用』と『パクリ』の違いはなんだ？」

引用とパクリ。考えたこともなかった。

ていうか、ＳＮＳの作品も全部見られてたんだ。

なんか、もう消えたい。

動揺しすぎて指一本動かせなくなった詩乃は、ただ顔を伏せて耐えるしかない。たった一秒が、永遠のように感じられる。

「自分のなかに強烈なリアリティがあるかどうか、それが決定的な違いだ。伝えたいことがない限り無節操で上っ面をなぞっただけのパクリになる」

森本は息つく暇もなくつづける。

「そんなんでよくうちに入学できたな。お前、さては親のコネを使ってうちに来たな？お前みたいな根っからの卑怯者が私のゼミに入ってきたなんて、本当に不愉快だ。自分の絵を描け、自分だけの絵を！　その気がないなら、今すぐ筆を折れ」

倒れた拍子に木枠が折れて歪(ゆが)んだキャンバスを一瞥すると、森本は「二度とゴミを提出するな」と吐き捨てた。

2

――俺のゼミでは、毎回の講評会できっちりと順位をつける。それに耐えられないやつはとっととやめろ。他でもない自分のためにな。

そう言って、森本は初回の結果を言い渡した。

望音が三位、和美、太郎が同列の四位で、詩乃は順位にも入らない論外だった。誰にも上位を与える気にはなれないし、こんなにレベルの低いままでは一位になってもプロになれないだろう、と森本は付け加えた。

詩乃は一人になりたくて、ふらふらと廊下のベンチに腰を下ろす。

あんな教授が、美大にいるなんて。

時間が経つほど、森本から言われたことが身に染みて、傷口が広がる。あれほどまで罵倒されたのは生まれてはじめてだ。ていうかあの絵がパクリだって、どうして見抜かれたんだろう？　こんなんで一年間も、森本ゼミでやっていけるのかな。

つらい。

絵画棟四階の窓から見えるキャンパスは春霞のせいか、あるいは去年よりも一階低いところから望むせいか、やけに狭く、上野公園に圧迫されているように感じられる。じっさい他大学に比べて敷地は狭く、学生数もわずかだ。

そう、ここは選ばれし者だけが集まる、美術教育の日本最高峰であり、国内で唯一の国立美術大学――そんな事実を確かめることで、詩乃は徐々に自信とプライドをとり戻す。

立ち上がろうとすると、廊下の奥にある研究室のドアが開いた。森本だった。

「お、お疲れ様です」

足早に立ち去ろうとしたが、森本から「君」と呼び止められた。

「君のお父さんは、元気かな？」

意外なことを訊ねられ、詩乃は動揺のあまり「ええ、はい、おかげさまで」とぎこちなく答える。顔を伏せて、早くいなくなってくれることを願ったが、森本は「そうか、それはよかった」と言ってつづける。

「君がこの大学に来たのは、なにか描きたいものがあったからだろう？」

「……そうです」

森本は不気味な笑みを浮かべた。

「さっきは少し厳しく言ったが、落ち込む必要はないさ。君に伝えたいのは、『自分の絵』を描きなさいってことなんだ。カッコつけたいとか、評価されたいとかいう打算は一切捨てること。絵っていうのは、自分を曝け出し、自分にしか見えないものを描くものだからな。両親を失望させないように、しっかりやれよ」

「はい、ありがとうございます」

「私のおごりだ」

森本は自販機にコインを入れて、去って行った。

その姿を見送りながら、さっきまで頭に浮かんでいたクエスチョン・マークが、新たに塗りつぶされる。

今のって、励まし？　森本先生って本当は学生思いで、私に一番期待してくれてるんだったりして？　あのとき課題のやり直しだと明察したのも、以前からとくに私に注目してくれていたからなの？

それは、まだ肌寒かった約一ヶ月前のことだ。

——春休みは登校禁止だぞ。

静まり返ったアトリエで詩乃が一人絵を描いていると、ドアがいきなり開いた。ふり返ると、いつも通り黒い服に身を包んだ森本が暗がりのなかで仁王立ちしていた。

——すみません、すぐ帰ります。

慌てて画材を片付けていると、森本は無言でアトリエに入ってきた。

——そんな課題、まだやってるのか？

詩乃がイーゼルに向かって取り組んでいたのは、去年評価の悪かった授業課題のやり直しだった。それまでは、休みの日も課題をやり直して頑張っている努力家な自分に浸っていた詩乃だったが、油画科でもっとも厳しいことで知られる森本に見つかるなんて最悪だと思った。

しかし森本の口から発せられたのは、意外な一言だった。

——来年度、私のゼミに来なさい。

——え、ゼミ？

訊き返す間も与えられず、森本はアトリエからいなくなっていた。

森本ゼミに誘われたことを食卓で両親に報告すると、母は祝福してくれた。

——よかったじゃない、さすが森本先生ね。あなたの才能をちゃんと見抜いてくれたのかしら。ね？

——いや、その程度のことで喜ぶのはやめなさい。

同意を求められた父は、母に空の茶碗を差し出しながら答えた。

——プロとして生き残れることが、まだ確証されたわけじゃないだろう？　俺がはじめて喜んだのは、東京美大に合格したときでもなく、卒業後に画廊から声がかかったときでもなく、最初の個展で完売したときだったがな。

——また、そんな言い方して。

炊飯器からご飯をよそっていた母は、深いため息をついた。

——それに森本だって学生のときは、パッとしないやつだったぞ。本当に若い才能を見抜く目があるのかどうかは、まだ分からないんじゃないか。

つまり「お前に才能があるかどうかも、まだ分からない」と父は言いたいのだ。

詩乃は父から目を逸らした。

居間の片隅には、詩乃が高校一年生のときに絵画コンクールで賞をとった作品が、母の手で額におさめられて飾ってある。しかしその絵を描けたときも、授賞式のときも、父の対応はそっけなく、

——遺伝子的に、当然だろう。

という一言だけだった。

両親はともに東京美術大学を卒業し、一家の生活にはいつも美術があった。詩乃はおもちゃの代わりに画材を与えられ、遊園地の代わりに美術館に連れて行かれた。物心つく前から造形教室をかけ持ちし、美術系高校に進学した。食卓で飛び交う話題も、日常のことよりも文化芸術のことの方が多い。

たしかに恵まれた環境で育ったというアドバンテージはあるが、父はそれにしても娘が絵を描くことに冷淡だった。東京美術大学に合格したのだって、詩乃のなかではたくさんの葛藤と苦労を乗り越えた結果だったが、父からは当然のように捉えられた。

なぜ、父はそこまで褒めてくれないのか？

そのことは詩乃にとってずいぶん前からの謎であり、父娘のあいだに確執を生んでいた。でも、さすがに卒業制作で学年トップをとれば、父をぎゃふんと言わせられるかもしれない。詩乃はそのために、この一年間に自分のすべてを捧げるつもりだった。

アトリエに戻ると、他のゼミ生たちも相当なダメージを受けた様子で、言葉少なにアトリエの環境を新しく整える作業をはじめていた。前年度の四年生が置き忘れていった作品を外に出したり、廃棄物を捨てに行ったり、箒（ほうき）で床を掃いたり。

高価な画材でせっかく描いても、結局ほぼゴミ扱いされるなんて切ない。

詩乃自身のロッカー付近にも、「ヤング・ペインター・プライズ」通称「ＹＰＰ」という若手画家の登竜門とも言える大きな賞に去年出展したものの、あっけなく予選落ちした作品があって、置き場所に困っていた。

お金も時間もかけた大作であるほど、皮肉なことに、後始末が厄介になる。そんなことを考えながら、詩乃は壁際に置いてあった巨大な板段ボールを、資材置き場に持って行こうと横にずらした。

すると背後に隠れていた巨大な影――茶色く煤けたところが目に入った。

影は天井にまで届くほどの高さで、幅数メートルにかけて壁を覆っている。一部が剝離して凹凸になっているので、白いペンキで補修されているもののファンデーションを塗り重ねても浮き出てしまう肌荒れのように目立つ。

「ねぇ、これなんだと思う？」

詩乃はアトリエ内で掃除をしていた和美に声をかける。

「……焦げ跡？」

「火事でもあったのかな」

このアトリエでは代々、森本ゼミの四年生が絵を描いてきたので、他にも絵具の汚れやビスを打ったあとの穴埋めがあり、補修箇所を数えると切りがないが、これほど広範囲にわたっているのは他にない。

「先輩に聞いてみれば、分かるかな」

和美が掲げたスマホのシャッター音が、静かなアトリエに響いた。

＊

日が沈む頃に、ゼミ生たちはアトリエの作業環境を整え終え、せっかくゼミの初日なのだから、と景気づけのために〈すけっち〉に向かうことにした。〈すけっち〉は上野駅から御徒町(おかちまち)駅までの高架下の一角にある。

「揃って疲れた顔して」

座敷席まで注文をとりに来たマダムが、詩乃に声をかけた。

〈すけっち〉は、油画科の学生たちが溜まり場としてきた飲み屋だ。学生たちからマダムの愛称で慕われる女性店主は、卒業制作や学園祭の展示には必ず足を運んでくれる美術好きでもある。

学生たちにとってマダムは、なんでも話せて愚痴も聞いてくれる特別な存在である。

制作がうまくいっていない学生には、さり気なくお酒をおごってくれることもあった。また東京美術大学の裏事情には、誰よりも精通しているという噂もあるが、本当のところは詩乃も知らない。

「今日から、ゼミがはじまったんです」

詩乃は薄いビニールに包まれたおしぼりを他の二人に配りながら答える。

「あらそう、卒業制作が楽しみね」

「いえ、卒制までの道のりは長そうです。ね?」

和美は苦笑いして肯く。

料理を注文しながら、壁にずらりと貼り出された手書きのお品書きを見ると、講評会で並んでいた自分たちの作品と重なる。マダムがカウンターに戻ったあと、和美は派手なケースに入ったスマホを手にとり頰杖をついた。

和美は暇さえあれば、ネットで情報を集めている。最新の展覧会、海外のアート事情、その他文化系だけじゃなくて、面白いニュースや巷の噂なんかも、詩乃は和美から教えてもらうことが多い。

「ほんと、これからどうなるんだろうね」

詩乃は温かいおしぼりで手を拭きながら、しみじみと言う。四月とはいえその日はまだ肌寒く、おしぼりの温かさが心地いい。

それにしても、あれほどの緊張感を漂わせられるのは、この美大で森本以外にはいないんじゃないか。ほとんどの教授は講評会では褒めてばかりで、なかには講評会をせず気まぐれにやって来て一言か二言呟いていくだけの教授もいる。

「でも期待してるから、あんな風に言ったんじゃないかな。とくに詩乃にはさ」

太郎は彼らしく、誰も傷つけないようにフォローを入れた。太郎が他人を批判するところを、詩乃は見たことがない。どんなに話がネガティブな方向に流れても、太郎だけは堤防のように頑として誰に対しても前向きなことしか言わないのだ。

「そうだね、ありがとう」

詩乃は肯きつつ、廊下で森本から飲み物をおごってもらったおかげで、全否定されたショックはすでに解消されていた。特別に期待されているというのも、太郎から言われなくても自覚している。代わりに詩乃の心を占めるのは、なぜ大切な最初の課題にきちんと取り組まなかったのかという猛省だった。

「ところで、さっき汐田さんの絵を見て、二人はどう思った？」

とうとつに、太郎が訊ねた。

今〈すけっち〉に来ていないのは、森本ゼミのなかで汐田望音だけである。

彼女は自分の作業場を片付け終えると、「用事があるので」と早々に帰ってしまった。この三年間をふり返っても、クラスの輪に滅多に入らず、つくづくマイペースというか自分勝手でつまらない子だと呆れてしまう。彼女の絵のことも、いいと思ったことが詩乃には一度もない。

「別に私はなんとも思わなかったかな。どうして？」

「いや、なんか、すごかったからさ」

「すごいって、なにが」

「うまく言葉にできないいんだけど……」

太郎が言い澱んだので、詩乃は気に食わない。しばらく沈黙があったあと、太郎が話題を変えようとするのを遮って、詩乃はあくまで中立的な意見であることを強調しながら反論する。

「もちろん、あの子にはあの子の良さがあると思うよ。マイワールドっていうかさ。でも強いて言うなら、太郎の『自画像』の方がはるかにセンスあるし、アイデアの斬新さなら和美の方が上じゃん？　だいたい『絵を描いている自分』なんて捻りがないよ。形のとり方も粗削りだし、筆使いも稚拙で、描いてるものを全然見てないと思う」

詩乃はそう言って、長めに伸ばした前髪の片側だけを耳にかけた。

まぁね、と太郎は同調しただけで、それ以上なにも言おうとしない。

「なによ、太郎はどう思ったの？」

「いや、ちょっと気になっただけ……」

ふたたび口ごもってしまった太郎に、詩乃は「そこまで言ったんなら、最後までちゃんと説明しなよ」と強引に質問の真意を聞き出す。

「汐田さんってデッサンの法則を無視してるだけで、人よりものを見てる感じがするんだよね。ほら、天才的な描写力があった若い頃のピカソが、絵画としての完成度を高めるために、わざと実験的に崩しはじめたみたいなさ。ものすごく上手にできるのに、未完成で断片的なんだよ」

「たしかに、ちょっと分かる」

と会話に入ってきたのは、ずっとスマホを見ていた和美だった。

「私もモデルを囲んだ人体デッサンの授業で、あの子が全体のバランスを無視して、膝ばかり集中的に描いていたことを思い出したんだよね。あのとき彼女のデッサンにはいろんな角度から見た膝がいくつも並んでたから、そういうことだったのかな。記憶がどんどん連鎖して、目の前のものを忠実に描くことから遠ざかっちゃうっていうかさ。似たようなこと、ジョルジュ・ディディ゠ユベルマンも言っててさ――」

しばらく和美の講釈がつづき、詩乃は「へー、すごいね」などと相槌を打ちながら、心のなかで意味が分からないと思う。じょるじゅでぃでぃでぃなんとかって、噛まずに言うのだけでも難しい。

ひと通り語り終えると、和美は白ぶちメガネを押し上げて、こう結論づけた。

「でもああいう絵って、社会的意義とか美術史的野心がなさすぎて、私は苦手だな。芸術って世の中や人を動かすためにやるものでもあるじゃない？」

そういう和美は「社会」や「美術史」を気にしすぎではないかと思ったけれど、あえて口に出さない。理論武装して自分を守らずにはいられない気持ちは理解できるし、望音の絵については同意見だったからだ。

「ま、でもそういう子がＹＰＰの大賞とっちゃうんだもんね」

えっ、と詩乃は腰を浮かした。「嘘でしょ！　ＹＰＰって、ヤング・ペインター・プライズだよね？」

「知らなかった？　先輩たちの卒展の搬入に、あの子だけ来てなかったでしょ。あれってＹＰＰとって忙しかったからじゃないかな。うちの在学生が大賞をもらうって、数十年ぶりの快挙なんだって。賞金も出るって聞いた」

「……へぇ、すごいね」

詩乃は感心しているように見せながら、不愉快でたまらない。

大賞をとれば賞金百万円で、美術館での展示が約束されていることなんて、とっくに知っている。去年一次審査にも引っかからなかった悔しさもあって、今年はまったくアンテナを張っていなかったが、あんな脳内お花畑が大賞をとるなんて、ＹＰＰってしょうもない賞なのかも。

どちらにせよ、卒業制作での一位は絶対にゆずらない。

東京美大の卒制では、各科一位になると大学付属美術館から作品を買い上げられるという名誉に加えて、奨学金の返済も免除される。メディアにも露出されるので、活動を宣伝するチャンスにもなり、そのままデビューという幸運に恵まれた卒業生もいるらしい。

「ああいう純粋に絵が好きっていう子が、才能の持ち主だったりするのかな」

才能、という和美の一言は、嫌な余韻を残した。

「いや、ただ自己流なだけでしょ。ていうか、才能ってなによ？」

詩乃も「才能がある」と褒められたことくらいある。子どもの頃、絵画教室の先生からは口癖のようにくり返された。でもその言葉の意味を、きちんと説明できる人はどのくらいいるんだろう。

ためしにスマホで「才能」を検索してみる。「物事を成し遂げる生まれ持った能力」「抜きんでた天賦の才」などなど。どれも抽象的だが、「生まれ持ったもの」という意味で共通するらしい。

「だから『才能』って感じ悪いんだよね。生まれつきのものだから、逆に凡人はいくら努力しても補えないぞ、ばーかって言われてるみたいで」

「ばーかとは聞こえないけど」と和美は笑ったあと、「でもこのアプリではこんな風に出てくるよ」とスマホを掲げた。

「生まれつきの素質、あるいは訓練によって発揮される、物事を成し遂げる力、ねぇ。じゃあ、こっちの辞書では『努力』の範疇(はんちゅう)も、才能に含まれるわけだ」と詩乃はちょっと安心する。

「太郎はどう思う?」

和美に促され、太郎は一瞬こちらを見たあと、不自然に視線を逸らした。

「いや、俺だって分かんないよ。ていうか俺からしたら、みんな才能あるなって思うし」

またた、私に気を遣った。

詩乃は冷ややかに思う。言い争いを避けずに、ずばずばと自分の主義主張を口にするパンクな和美と違って、太郎はつねに空気を読んで相手の真意を汲み取ってから、慎重に言葉を選ぶような性格なのだ。

「太郎さ、もっと自己主張すれば？」

和美はグラスを掲げて、ため息をつく。

「別に言ったところで、酒はうまくならないだろ」

「いやいや、私たちうまい酒飲むために絵を描いてるわけじゃないでしょ？　いくら人間的にバランスがとれてたって、友だちが多くたって、絵描きに向いているわけじゃないんだからさ」

「それなー、ずばっと言われると傷つくわ」

太郎がへらへらと笑うとなりで、詩乃は黙って肯く。

「ま、そう言って太郎のこととか、なんだかんだ議論しても、私たちって誰一人何者でもないんだけどね」

和美が呟いた瞬間、酔いに任せた饒舌さは消え失せ、一気に現実に引き戻された。

もつ煮やら枝豆やらが運ばれてきて、早くも和美はビールのおかわりを注文する。三人はもう作品のこともゼミのことも一切話さなくなり、代わりに気軽な話題ばかりが飛び交いはじめたけれど、なぜか空気が重くなった。

九時前に〈すけっち〉を出ると、アメヤ横丁は飲みに来た学生やサラリーマン、観光客たちでにぎわっていた。最近では、ケバブや麻辣湯（マーラータン）といった多国籍な屋台がいっそう増えていて、ここはどこの国という感じがする。

「あれ、太郎？」

土木作業員の格好をした、三十代前半くらいの男性に声をかけられたのは、駅までショートカットをするために薄暗い裏道を曲がったときだった。大学にも土木系の日雇いアルバイトをしている学生はいるし、三十代前半という年齢も珍しくないが、その男はどこか美大生とは違うくたびれた雰囲気である。

太郎は一瞬固まったあと、頭を下げる。

「お、お久しぶりです」

「こんなとこで、なにしてんの？　つーか、大学通ってんだっけ」

太郎は詩乃と和美に目をやったあと「そう、そこの美大に通ってて……」と、なぜか萎縮したような答え方で言った。誰に対しても気負いせず、分け隔てなくフランクに接する普段の太郎とは別人のようである。

「美大？　じゃあ、まだあれ描いてんの？」

「いえ、もうやめました」

太郎は間髪容れずに答える。

「そうなんだ。今度また、飲もうぜ」

「はい。じゃあ、またまたー」

軽いノリで太郎は答え、男と別れた。

「今の人、知り合い？」

「うん、地元で昔遊んでた人」

「そうなんだ。あれってなんのこと？」

「別に、たいしたことじゃないよ」

そう答えたあと、太郎は少し歩調を速めた。

3

太郎が住んでいる美大生のシェアハウスは、韓国料理店が軒を連ねる三河島(みかわしま)駅近くの大通り沿いにある。三路線の電車が三角形を成すように走っている内側にあるので、つねにガタガタゴトゴトいう音が聞こえるが、美術好きな大家さんの厚意で一階は制作スペースに改装されており、家賃も安い。終電を逃した美大生の避難所でもあって、人とつるむことが好きで孤独が苦手な太郎は、これまで引っ越したいと思ったことは一度もなかった。

「課題やってんの？」

制作スペースでキャンバスに向かっていた太郎は、デザイン科大学院一年の里見(さとみ)先輩から声をかけられる。

「あ、はい」

キャンバスに向かっていると見せかけて、それまで膝のうえで描いていたスケッチブックを慌てて隠してから、太郎は答える。

「鬼のような数の課題のひとつです」

「まだ授業がはじまって間もないでしょ？」

「そうなんですけど、森本先生って超厳しくて。初回の授業では、さっそくオリエンテーションで言い渡された課題を並べて、講評会がはじまって」

「初回が講評会とか、評判通りじゃん。なんか言われた？」

「なんかって……思い出したくないなー」

太郎は暗くならないように笑う。

講評会で言われたことは、すべて図星だった。ゼミ生四人のなかで一番情熱がないと感じるし、確固たる目標や意志もなく、本当にプロになりたいのかも分からない。好きなことをして食べていければラッキーだなという程度である。

水彩で「自画像」を描いたのも、情念を塗り重ねるような油絵よりも、薄ぼんやりした水彩の方が自分にぴったりだと思ったからだ。

「そういえば、詩乃ちゃんも森本ゼミなんだって？」

里見先輩はさらりと、どこか心配するように言う。

太郎がはじめてシェアハウスに詩乃を招いたとき、他のルームメイトはすぐにファンになって、可愛いとかもっとうちに連れて来いとか騒いでいたが、里見先輩だけは冷静に「でもあの子、なんか陰あるね」と言っていた。

「やっぱり気まずい？」

「いやー、気まずくない……わけはないというか」

太郎が顔をしかめて言うと、里見先輩は「どっちだよそれ、ちゃうちゃうちゃうちゃうんちゃうみたいだな」と笑った。

「自分でも、分からないっす」

「まぁ、さ」と里見先輩は励ますように言う。「代々の森本ゼミ生って戦争してるっていうか、命がけで描いてるっていうか、他のどの科やどのゼミとも真剣度が違ってて、カッコいいなって思うよ」

「そう言う里見先輩の方が、俺には眩しいですけどね」

「なんだよ、それ」

そう言って笑う里見先輩は、太郎をシェアハウスに誘ってくれた存在だ。入学前からファッション業界で働くという目標を定めていたらしく、学部のあいだは貧乏旅行で海外を放浪し、各地の民族衣装を研究していた。

普段はクールだけれど、自分の価値観をしっかり持っていて、この人の言うことなら信頼できると思わせるなにかがある。友だちといるのは好きでも意見するのが苦手な太郎にとっては、気を遣わずになんでも話せる貴重な存在だった。愚痴はさらりと流してくれるし、深刻な悩みには的確なアドバイスをくれる。

「で、さっきからなに見てるんすか」

里見先輩は手に持ったスマホをちらちらと見ている。

「ヒッチコックの『めまい』」

「里見先輩って、映画好きですよね」

「まぁな。映像表現概論の初回の授業で、冒頭だけ見せられたんだけど、つづきが気になってさ。暇だし」

「へー、楽しそう。どんな話なんですか」

「同僚が屋上から落ちて死んじゃった刑事が、高所恐怖症によるめまいに襲われて、くらくらしながら謎の女を追っていくっていう」

「くらくらしながら？　それ、ウケますね」

里見先輩のスマホを覗(のぞ)いてみると、映画ははじまったばかりだった。不吉な音楽。男がビルの屋根に飛びうつろうとする。しかし足を滑らせて、屋根の縁から両腕でぶら下がる――と、男を助けようとした同僚が、代わりに頭上から転落した。

太郎は急に寒気がして、キャンバスに戻ることにした。

「もう見ないの？」

「課題やります」と太郎は心の内を見透かされないように、努めて明るく答えた。

「偉いね、生まれ変わったみたいだな」

「本当に生まれ変われるといいんですけど」

「だからこそ、望音ちゃんの絵を見て、森本ゼミに入ることにしたんだろ？」

「そうそう、このあいだ講評会があった『自画像』なんですけど、これ見てください」

スマホを受け取ると、里見先輩は真剣に見入った。

「いい絵、描くね。この子」

「でしょ！　里見先輩ならきっとそう言ってくれると思ったんですよー」

はじめて望音の絵に衝撃を受けたときの印象を、太郎は鮮明に憶（おぼ）えている。

ドローイングは「素描」「線描」と訳す。その授業では色鉛筆で五十枚の顔のドローイングを、日記を描くように感性に従ってさっと仕上げるようにと指示された。しかし講評会で、望音は鉛筆、ペン、コンテ、マーカーなどさまざまな画材を自由に用いた、数えきれないほどの作品を提出した。

先生からは絵の内容以前に、枚数や画材の種類など課題の規定から外れていることを指摘され、出題者の意図を読み取るようにと注意されていたが、太郎の心にはたしかな漣(さざなみ)を立てた。

　徐々に卒業制作が迫り、やりたいことが見つからず飲み会とアルバイトに明け暮れていたそれまでの自分を省みはじめていた背景もあって、ルールを破ってでもやりたいことを優先させるその圧倒的なエネルギーには度肝を抜かれた。努力や経験ではなんともならない、生来備わったもののように感じた。

　なにより印象深かったのは、色使いだ。

　よく安易に「色彩感覚に優れる」とか言うけれど、「色彩感覚」とはなにかを説明するのは案外難しい。たくさんの色の原理や属性を知っていて、自然科学的な立場から語れたとしても、必ずしも実践力が伴うわけではないからだ。

　太郎は美大に入って、絵が好きなたくさんの子たちと出会うなかで、そういう色彩感覚は訓練を積めば誰にでも身につくものではなく、本当に一握りの人間しか持ちえない稀有(けう)な能力なのだと学んだ。

　他人には思いもよらない使い方をぱっと閃(ひらめ)ける発想力。ほんの少しの色の冴えやにごりに反応できる観察力。あらゆる色に対応できる豊富な経験。そのすべてが望音には備わっている気がした。

どうしてそんな絵が描けるんだろう。

興味を持って周囲に訊きまわると、美術予備校に通ったことはなく、ほとんど独学で入学したと知った。太郎は驚き、過去の巨匠たちが科学的な色の法則を直観で見破ってきたという数々の逸話を思い起こしてしまった。

「でも見れば見るほど、どこがいいって、うまく言えないんですよね。もちろん色使いもすごいんだけど、それ以上に心惹かれるものがあるっていうか。いい絵だなってしみじみ思えるっていうか。抜け感かな？」

「たしかにね、マティスっぽいかも。案外こういう風にいい意味で下手くそっていうか、まっさらな心で描ける子って、美大に少ないよね。とくに油画科は」

里見先輩の言う通り、望音が今回提出した「自画像」は、「色彩の魔術師」との異名を持つマティスを連想させるような、明るくて幸福感に満ちた一枚だった。自分は絵を描きつづけていくのだ、もっといい絵を描けるようになるのだ、という強い意志が感じられる。

飽きもせず望音の絵を眺めていると、里見先輩は笑った。

「そろそろ自分の課題やったら？」

「そうっすね」

制作スペースのドアのところまで行って、里見先輩はふり返った。「あ、そうだ。大事なこと、言い忘れてた」

「どうかしました」

「課題でも、そういう好きなもの描いた方がいいんじゃないの」

先輩が視線で指しているのは、太郎がさっき咄嗟（とっさ）に隠したスケッチブックだった。

「いや、これは好きなものっていうか……」

言い澱むと、里見先輩は気にするなとでも言うように手を挙げて、「違うんなら、いいんだけどさ。邪魔して悪かったな」と去って行った。

残された太郎は、スケッチブックのページをふたたび開く。

――まだあれ描いてんの？

いや、もうこういうのは描かないって、自分で決めたんだ。

スケッチブックを脇に置き直すと、太郎はキャンバスに向かって絵筆をとった。

*

「そういえば、太郎となにか話した？」

和美に訊ねられ、詩乃はキーボードを打つ手を止めた。

「話してないけど、なんで」

「いや、二人の様子からして、やっぱり気まずいのかなと思ってさ。このあいだの飲み会でも、ぎくしゃくした感じが伝わったし」

和美はあのことを気にしているのだろう。

東京美大油画科合格率全国トップをうたうこの大手美術予備校の講師室には、彼女たちの他に誰もいない。詩乃と和美はお茶を飲みながら、紙のメモで渡された今年度のカリキュラムを、エクセルで表にまとめていた。

「心配ご無用、もうなんとも思ってないから」

明るく誤魔化(ごまか)すと、かえって妙な沈黙が流れた。

「これから同じアトリエで制作するわけだから、ちゃんと二人の言い分を聞いておきたいんだけどなー」

「言い分とか、そんなのないよ。全部終わったことだし」

和美は腑(ふ)に落ちていなそうだが、詩乃は太郎とのあいだにあったことを話す気にはなれず、「ちょっと教室の様子、見てくるわ」と言って席を立った。

教室では、昨年度の合格者による入試問題の再現作品が並んだ壁を背景にして、生徒たちが真剣な表情で石膏像に向かってデッサンをしている。

ここは合格というゴールを目指して、画材を使いこなす技術、ユニークな視点、チャレンジ精神といった基軸から、スポーツのように徹底して「いい絵」が教えこまれる場所だ。かつての詩乃も、ここで一心不乱に絵を描いていた。

入試問題は年度によって変化するものの、基本的にはセンター試験の他に、第一次実技試験にデッサン、第二次実技試験に油画とその構想を練るのに使用するスケッチブックが審査される。詩乃が手伝っている現役生のコースでは、デッサンの方に力が入れられていた。

「この辺りをもう少し丁寧に描いた方がいいかも」

詩乃は教えながら、技術ならいくらでも指摘できるのにと内心ため息をつく。

受験生時代、詩乃は独創性や発想力を求められる二次試験が、なにより苦手だった。

自分の好きなものを知る、ただそれだけのことが途方もなく難しかった。美術館に行ったり、画集やネットで調べたり、情報収集の方法には困らないのに、むしろ情報がありすぎることに惑わされた。

受験ではデッサンで点数を稼ぎ、オリジナリティ面も傾向と対策で乗り切ることができたが、美大に入学してから悩みは深刻化した。入試で高い技術を求められる分、大学では版画やモザイク画など専門施設がないと学べないものを除いて、逆に技術的なことはほとんど教わらない。

その代わりに、「で、あなたはなにを描きたいの」と問われるのだ。

――そうは言っても自分のテーマを見つけるのって難しくないですか？

入学してすぐ、本当のところを悟られないように冗談っぽく、描くものが分からないと相談したら、先生から「じゃあ、うちになにしに来たわけ」と笑われながらドローイングを勧められたが、お題なしにまっさらの紙を前にしても、なんのイメージも湧いてこなかった。

幼い頃の詩乃には、もっと絵を描きたいという衝動があった。自分のなかにイメージの源泉があって、湧き水をすくうだけでよかった。迷っても、少しすればこんこんとイメージは湧いてくるので、手はまた自然と動いた。

でもいつのまにかその湧出口を、岩が塞いでしまった。そしてその岩はどれだけ自分で押してもびくともしなかった。だから「自画像」という自分の顔を描くだけのシンプルな課題でも、最後まで描きたいものや描くべきものが分からず、ネットで拾った画像を参考にしたのだ。

――自分の絵を描け、自分だけの絵を！

そう言われても。個性ってなに？

そもそも探して見つけるものではなく、内から滲み出るもの、どうしようもなく抑えられないものだとすれば、自分にはそんなもの皆無である。世の中に大量の絵が存在するなかで、「自分だけの絵」なんて描けるのだろうか。

ランチ休憩になって、和美に声をかける。この日の和美も、初回の講評会と同じサイケな柄のシャツを着ていた。派手に着飾っているもののお金がなくて、「着たきり雀」になっている子は美大に少なくない。

予備校のビルを出たあと、二人はオフィス街にあるチェーンのうどん屋に向かった。通りは首からスタッフ証を下げた会社員で混雑している。詩乃は日頃から制作で汚れることを気にせず、なるべく大多数に好かれそうなきれいめのファッションを選んでいるものの、彼らとの差をはっきりと感じる。ここにいる社会的理由がちゃんとある者と、たいしてない者の差だ。

二人は店の前の行列に並んだ。

「和美は今年もこのバイトつづけるの？」

「生活費を稼がないといけないからね」

「そっか、大変だね」

「でもなるべくシフトは減らしてもらうかな。詩乃は四年間の集大成かもしんないけど、私にしたら浪人中の五年間もプラスされるからね」

「いやいや、私も一浪してますけど」と詩乃は苦笑しながら返す。

倍率だけで言えば、東京美術大学は東大に入るよりも難しい。とくに油画科は、志望者約千人に対して合格者わずか五十余人という二十倍もの競争率になる。だから和美のような多浪生は珍しくない。

なかには他の大学を卒業し、社会人になってから入学する例もあって、同じ学年でも年齢はさまざまだ。にもかかわらず就職率は一桁に近く、作家として生き残る数も少ないので、究極のハイリスク・ノーリターンと言われる。

しかもせっかく油画科に入ったのに、在学中に絵を描かなくなる子もたくさんいる。最近では、インスタレーションや映像作品など、他の表現に向かう子の方が絵画にこだわる子よりも増えている。和美も受験生時代にさんざん絵を描いたせいか、入学してからとんと絵から離れていた。

一年生の頃、和美は四六時中スマホで映像を撮りつづけていた。電車での通学やアトリエの制作風景、住んでいるアパートの部屋まで、日常を延々と記録していた。なぜそんなことをするのかと詩乃が訊ねると、アンディ・ウォーホルの作品《エンパイア》についての持論を展開された。

また岩波文庫の青帯や分厚い哲学書を肌身離さず持ち歩いており、そういうのを読んでなにが分かるのかと訊ねると、分からないから読むのだと言われた。浪人中に膨大な知識を身につけた和美にとって、美術はつくるものではなく考えるものなのだろうと詩乃は思っていた。

「和美が絵画至上主義の森本ゼミを選んだのって意外だったな」

「そう？」

「だって、今までほとんど絵描いてなかったじゃん。もっと現代アート寄りなことに興味があるんだと思ってた。割り箸を割るだけの行為でも、和美がすると高尚な芸術活動に見えるしさ」

詩乃が冗談っぽく言うと、和美は「なにそれ」と歯を見せて笑う。

「だって一年生のとき、よく『勉強会』に参加してたじゃない」

「あー、なつかしいね」

多浪した分、他の美大につながりのある和美は、学外のさまざまな「勉強会」に参加していた。「勉強会」では、描いた絵を山手線に持ち運んで一周したり、何百という洗濯バサミを全身につけまくったり、謎の行為がくり広げられ、詩乃が同行したときには、暗がりのなかで手巻き寿司をするという、「闇鍋」ならぬ「闇手巻き寿司」が開催されていた。

——なんでそんなに奇抜なことばかりするの？

帰り道に訊ねると、和美は当たり前のように答えた。

——だって人とは違うことをするのが芸術じゃん。

和美の断言は、詩乃の心に今も違和感を残している。人と同じことをするのも、あえて人と違うことをするのも、根本的には同じなんじゃないかと思うからだ。

「楽しかったな、『勉強会』」

そう言いながら、和美の声はどこか浮かない。

やがて順番が回ってきて、店員にうどんの種類を伝えてトッピングを選んでいく。詩乃がいつも通りの「釜玉うどん」にちくわ天をとっている傍らで、和美は珍しく素うどんだ。

視線に気づいたのか、和美は明るく言う。

「ちょっとダイエットしようと思って」

「そうなの？　健康的に運動でもした方がいいんじゃない」

「絵描きが運動なんて、逆に不健康だよ」と呆れたように笑う。

会計を済ませたあと、二人は向き合ってテーブルについた。しばらく無言でうどんをすすってから、和美はとうとつに訊ねた。

「詩乃って、ギャラリーとか、持ち込みしたことある？」

「なに急に」

「在学中から絵画専門の画廊とか現代アートのギャラリーに持ち込みする子って、けっこういるでしょ？　詩乃ってお父さんも有名な絵描きだし、作品のレベルも高くてしっかりしてるから、どうなのかなって」

うどんをすすりながら、詩乃は慎重に答え方を考える。

就活生が有益な情報をシェアしつつも、エントリー先や進捗状況を詳しく話し合わないように、美大生もギャラリーへの持ち込みについて腹を割って話すことはほとんどない。なぜなら、通常の就活以上に勝負の場は限られており、下手な発言は人間関係を不本意に壊してしまう危険性があるからだ。

「一回だけ、先輩との展示を見に来てくれたギャラリストにポートフォリオは見せたことあるけど、自分から持ち込みに行ったことはないかな……なんで？」

「じつはさ」と言って、和美は箸を止めて、白ぶちのメガネを押し上げた。「このあいだうちの親父が倒れちゃったんだ」

詩乃は答えに詰まる。

「今はだいぶ落ち着いて、母親が自宅で世話をしてるんだけど、以前の生活には戻れないみたい。だから両親の今後の経済状況も心配なんだよね」

「就活するってこと?」

「いや、年齢制限とかあるし、作品をつくる時間がなくなるから、一般企業はそもそも考えてないよ。それにせっかく五浪もさせてくれた両親に恩返しするために、作家として成功した姿をリミットが来る前に見せたくて。だから逆に、本気でプロになるんだって覚悟が決まった感じ。近い将来に美術館とかで私の作品を両親に見せられるように、卒業までに売れる作品をつくれるようになりたいって思うんだ」

和美は表情をゆるめずに言った。

——売れる作品。

プロになるためには、作品を売らないといけない。しかし詩乃は自分がどんな絵を描きたいかと悠長に悩むばかりで、それが社会にどう受け入れられ、誰のためになるのかを考えたことはなかった。卒業すれば誰も守ってくれないし、作品を売って生計を立てていかなくちゃいけない。詩乃はもう学生でいられる時間はわずかなのだと改めて自覚した。

すると和美はいつもの調子に戻って「せっかく決意表明として髪もピンクにしたから、このメガネも派手にしたいんだけど、お金なくて迷ってんだよねー」とけらけら笑った。

「もっと派手にすんの？」と詩乃も笑い返す。

「ひとりハロウィンみたいにしたいんだよね」

「ははは、なにそれ。そういえば、お金なさすぎて自分でメガネを赤に塗っちゃった後輩いるよ。でもなにを思ったか、水溶性の塗料使っちゃって」

「汗で溶けちゃうじゃん」

「血みどろだよ。ていうか、その方がハロウィンかもね」

ふざけた調子に戻ったが、二人ともまた黙ってしまう。

和美はしばらくなにか考え込んでいる様子だったが、食べ終わる頃にふたたび「この一年どうなるかね」と呟いた。「詩乃は森本先生のこと信頼してそうだし、森本先生からも期待されてるから言うべきか迷ったんだけど、さっき別のコースの先輩から、すごいこと聞いちゃったよ」

「なに、すごいことって」

「このあいだアトリエの掃除してたときに、壁におっきな影みたいな染みがあったの憶えてる？　あれって五年前に起こったボヤ騒ぎの跡なんだって。怖くない？」

「え、けが人はいたのかな」

「幸いいなかったらしいけど、当時ゼミで一番才能があるって言われてた学生の卒業制作が全焼して、大問題になっちゃったんだって。油絵具ってある意味燃料と同じだから、よく燃えるらしい。やばいよね」

　詩乃の返答を待たず、和美はつづける。

「結局、真相はよく分からないみたいだし。でも絵が勝手に燃えるわけないから、犯人がいるに決まってるよね」

「ゼミ内でトラブルがあったってことかな？」

「たぶんね。先輩いわく、火を点けたのは、森本先生に追い詰められてノイローゼになったやつなんじゃないかって――」

「いやいや」と詩乃は遮る。「いくら厳しくされても、人の絵に火は点けないでしょ。しかも卒制だよ？　ただの憶測だって」

　和美は神妙そうに目を逸らした。

「まぁ、噂だからね。でも美術って、きれいごとが許されない世界じゃん。私だって、誰かの才能に嫉妬することあるし、燃やした側の気持ちもなんとなく想像つくな。それに森本ゼミって、そういうの、起こりそう」

「起こりそうって？」

「だって森本先生、明らかに私たちを競わせようとしてるじゃん」

＊

新年度がはじまると、キャンパスからほど近いところにある老舗の割烹料理屋〈筆屋〉で、東京美大の絵画系教員だけの「新年度会」が恒例でひらかれる。それには日本画や版画といった絵画系の研究室から、教授や非常勤の講師の他、助手などが参加するが、今年も森本の姿はなかった。

「森本先生って、アルコールがお嫌いなんですか？　僕がこの美大に来てから、こういう場でご一緒したことが一度もなくて」

美大に勤めて二年目の西准教授は、年長の教授陣にひと通りお酌したあと、となりの席になった同じく油画科でベテランの可瀬教授に訊ねた。

アーティストとして活躍している可瀬は、学生からの人気も高く、学年でもっとも多くのゼミ生を抱えているが、根っからの芸術家気質なのでほぼ放任主義の指導法だ。昨年度は、東京美大出身とはいえ新任で右も左も分からなかった西にさえも、遠慮なく雑務をふってきた。

「飲めないわけじゃないよ。いつも近くのショットバーで一杯やってから帰ってるみたいだし、孤独が好きなんでしょう。昔から付き合いのいいタイプじゃなかったけど、五年前にいろいろあって、それからはまったく来なくなったかな」

「いろいろって？」

「まぁ、いろいろ」

それ以上訊くなとでも言うように、可瀬はお品書きに視線を落とした。

森本の話になると、なぜみなこんなにも歯切れが悪くなるのだろう？

西は就任直後から違和感を抱いていた。

外部から寄付金や助成金を集めてくるのが得意な森本は、学長や理事からも気に入られ、学内で政治力がある。このままいけば、油画科は森本の独裁になるに違いない。このあいだも森本が強引な意見を通し、西は驚いた。

——汐田望音を、うちのゼミに迎えたいと思っています。

年度末の会議で、森本はそう言った。

ゼミ分けでは、基本的に学生の意思を尊重するというルールがある。ひとつのゼミによほど志望者が集中した場合を除き、特定の学生を自分のゼミに入れようとするなんて考えられない。しかし他の教員たちは黙って目を伏せるばかりで、内心早く会議が終わってほしいと思っているのが透けて見えた。

美大の教員たちの仕事には、おおまかに「教育」「研究」「運営」の三つがある。まず「教育」は、学部と大学院の両方で授業をして、学生を指導すること。「研究」はすなわち「制作」であり、ほとんどの教員がこの「研究」ばかりしていたいと思っている。可瀬はその典型で、大学では自分の制作しかしたがらない。

そして、その二つよりはるかに負担が大きくなるのが、三つ目の「運営」である。これには、授業内容の決定だけでなく入試や広報などの大学運営に関わる多様な雑務が含まれ、東京美術大学のような国立大学も例外ではなく、その比重は年々増加する一方である。

国立大学の法人化後、国から下りる予算は段階的に削られてきた。とくに成果の見えにくい芸術分野では、本来「教育」や「研究」に充てていた時間を「運営」に費やさないと、大学として生き残れなくなってきている。

それにより教員たちは運営資金を得るために、「教育」とも「研究」とも関係のない、不慣れな外部のプロジェクトを山のように抱え、大学側に獲得資金を還元することが求められるようになった。地域アートやプロジェクトの企画を得意としてきた西が、昨年准教授に選ばれたのもそうした背景があった。

——ここは会議の場です。意見を通すのであれば、説明責任があります。なぜ汐田望音を自分のゼミに入れたいのか、ちゃんと説明していただかないと。

西が言うと、森本は鼻で嗤った。

——西さんがフレッシュな理想をお持ちなのは分かりますが、ちょっと黙っててもらえませんかね？

周りの教授陣から失笑が起こった。

【なぜ絵を描くのか。現代社会において、絵を描くことの意味とはなんでしょう。たしかに医学や法律のように、分かりやすく目に見える形で社会にとって必要な学問はたくさんあります。でも美術というのは、生きる糧です。一人ひとりに自己があり、意志があることを証明するのが美術なのです。現代の風潮のなか、「自分の表現」を見つけるのは困難ではありますが、とても重要なことには違いありません。私のゼミでは、それ

を徹底して追求します。アーティストになれるのは、それを見つけた者だけだからです。】

いつだったかネット上で読んだインタビューには、真剣にアーティストを目指す学生にとっては魅力的にうつりそうな文言が並んでいた。

しかし西が気になるのは、元森本ゼミ生たちの華々しい活躍とは裏腹に、森本自身がアーティストとして成功しているわけではないという事実だ。美術大学の教員になるには作家としての経歴も重視されるが、森本は教授に就任した直後から受賞はおろか展覧会もほとんどしていない。

それに、森本はじつのところ東京美術大学の純粋な出身者ではない。五浪しても受からず、他大学を卒業してから、東京美術大学の大学院に入っている。そうした経歴にも、西は引っかかりを覚えた。本人に才能がないくせに、東京美大の教授というブランドにしがみつこうとしているだけではないのか、と。

なにより解せないのは、森本のやり方だ。

美大の教員は、おおらかで学生に自由にやらせる人が多い。美術というのは本質として、強制的に人にやらせるものではないからだ。好きなやつは好きにつくるし、やる気のあるやつは勝手に伸びていく。ひと昔前までの教員たちはみんなそう考え、制作する背中をただ見せてきた。だから森本のスパルタな指導方法を知ったとき、西は「なんだそれ」と引いてしまった。

今までは黙認されてきたようだが、このままつづければ大問題に発展する気がする。いくら「秘境」だの「変人の集まり」だの言われているとはいえ、美大にも社会的モラルが問われる時代だ。高い学費と引き換えに若者に夢を売る汚いビジネスだと思われないよう、生まれ変わらなければならない。アトリエにこもって絵の指導をするなんて古すぎだ。

それなのに、なぜあんなおかしな教員がこの大学にいるのか。

西はこの一年間、そうした疑問を呑み込んできた。

煙草を吸いにおもてに出ると、森本ゼミの助手である高橋(たかはし)という男が先客として立っていた。

「森本先生は今日、いらっしゃってないですね」

「ええ、そうですね。僕は他の先生方にも、授業でお世話になることが多いので、森本先生に断って、親睦のために来させていただきました」

しきりにぺこぺこと頭を下げて、高橋は答えた。

「そんなにへりくだらなくていいですよ。ちゃんと飲んでますか」

「ありがとうございます、いただいてます」

西にとってこの助手は、合同授業のときに顔を合わせるか、廊下ですれ違うかくらいの関係だった。いつ会っても腰が低く、森本からいいようにこき使われている印象しかない。本人は細々とアーティストとして活動しているものの、その作品よりも事務処理能力を評価されて助手になったタイプだ。

宴会では率先して場を盛り上げようとする真面目で明るい面もあるが、根本的に同世代や後輩から慕われていないせいか、自ら道化を演じている感じがした。それもこれもすべては作品がよくないからだ。

シビアなことに、美術大学ではルックスや性格など他にどんな魅力があっても、作品が面白くなければ、親しみは持たれても決して尊敬はされない。

実際、いつだったか大学構内にある小さなギャラリーで、グループ展に参加していた彼の絵を見たが、人や動物を上手に描いただけの当たり障りのない作風で、他の森本ゼミ卒業生の作品にはどうしても見劣りし、ほとんどの来場者に素通りされていた。

「森本先生の助手をつとめるの、大変じゃない？」

西は冗談っぽくなるように笑顔で訊ねたが、すかさず高橋はかぶりを振った。

「とんでもない、森本先生には感謝しかありませんよ！　ほんと、感謝しか」

「それは、どうして？」

「どうしてって、当たり前じゃないですか」と言って、高橋は困ったように笑った。

「自分はなかなか芽が出ないんですけど、森本先生だけは『君には可能性がある』って言ってくださって、助手として大学にも残れるようにしていただいたんです。とにかく絵を描けって、いつも言ってくださるんですよね。先生のおかげで今の自分があるっていうか、先生がいなかったら今頃野垂れ死にってていうか」

「ふうん、感謝してるんだ」

意外だった。

西の経験からして、絵画系で助手まで残るやつには、それ以外の下心を抱いていることが多い。というのも絵画制作の場は自宅で十分こと足りてしまうので、広い作業場や専門機材がないとつくれない彫刻や工芸といった他の科と違って、制作環境を求めて助手になる必要はないからだ。それでも長いあいだ大学に残っているということは、単に絵を描くのが好きという純粋なタイプではなく、けっこう計算高いはずだと西は踏んでいた。

森本に対しても、狂信的ではないだろう、と。

「でもさ、やっぱり大変でしょう？　仕事も多そうだし」

西が言うと、むっとしたように助手は答える。

「忙しくはありますけど……それは森本先生が有能な証拠ですからね。おかげで僕のような未熟者でも、将来のためにコネもつくれますし、勉強になりますよ。今みたいに国立大学が厳しい時代に、ああいう先生はもっと必要じゃないですか」

本気で言ってるのか、こいつ。

傍（はた）から見れば、森本は外部から助成金をじゃんじゃんもらってくるわりに、事務的な仕事は助手に丸投げしてばかりで、助手は損な役回りの被害者に見える。そもそも法人化に伴ってうちの大学でもっともしわ寄せを受けているのは、下働きをする助手の立場ではないか。

そこまで信仰しているなら、いくら押しても、こちらの望む答えは返ってこなそうだと半ば諦めつつ、西は最後にもうひと押しだけしてみる。

「森本先生って厳しすぎないかな？　昔からあんなに厳しかったの」

アンチ森本だという他科の教授が、以前こんなことを言っていた。

——森本先生は教育者としての実績はあっても、アーティストとしては認められてないですからね。だから学生に厳しく当たることで、そのフラストレーションを解消してるっていうか、傷を癒そうとしてるんじゃないですか。

「厳しいことは……厳しかったですね。でもやっぱり、素晴らしい先生ですよ。あの厳しさがあったからこそ、同級生たちはモノになってるし。僕はそう思います」

「そうかもしれないね」

まるで王国だな、と西は思った。

「じゃあ、お先です」

助手は丁寧に一礼すると、のれんをくぐって店に戻って行った。

やはり東京美大の油画科が近い将来最古参となる森本の独裁になるのは、時間の問題だろう。西は煙草を深く吸う。夜空には、星ひとつ見えなかった。それは吐き出した煙のせいではなく、分厚い雲がかかっているからだった。

4

森本は一年間を、四月から五月にかけて基礎力をつけ直す「第一ターム」、六月から七月にかけて応用力を鍛える「第二ターム」、夏休み以降に卒業制作に取り組む「第三ターム」という三つの段階に分けていた。

第一タームでは呼吸するのと同じように、課題の山を当たり前にこなすことが要求された。もちろん油画科に合格した時点で高度な技術を持ち、入学後もそれに磨きをかけてきたわけだが、森本いわく「その技術をさらに神業的なものにする」のがその目的だった。

具体的に出された課題は、

・一筆描きで描いた薔薇のドローイング五十枚

・セザンヌの絵画法にならって○△□×Sで構成した風景画のパターン百通り

・自らの限界に挑戦する細密描写

などだった。

陸上ならインターバル走、野球なら千本ノックのように、お前らは絵が好きで入ってきたんだからこれくらい当然喜んでこなせるだろうと言わんばかりに、三日から一週間ほどの制限時間で課題をつぎつぎに与え、徹底的に辛口な講評会をくり返した。

太郎にとって、とくに骨が折れたのは、「細密描写」の課題である。砂利道、カラフルなビー玉を詰めた瓶、スーパーの陳列棚、の三つのなかからひとつを選んで、それを細密描写する。太郎が選んだのは、予備校でも何回か描いたことのあるビー玉の瓶だった。

浜辺の砂粒をひとつずつ手にとって、大きさの順に並べていくような集中力と忍耐を必要とする作業である。立ち上がっていろんな角度や距離から検証したり、スマホで撮影したりしながら、ぴたりと合う答えを探さないといけない。一瞬でも気を抜くと、全体のトーンが崩れて最初からやり直しになる。

「つらいわー。これ、最終的に写真と比べられるんでしょ？」

詩乃が筆を置いて、目頭を押さえた。

「らしいね、週明けにまた講評会か」

「ぞっとした。私、休憩する」

詩乃はふらふらとアトリエを出て行った。

「俺も休憩しよーっと」

太郎は立ち上がって、ストレッチをしながら周囲を見回す。

森本ゼミに割り当てられているアトリエは、六メートル四方ほどの空間で、他のゼミのアトリエが横並びに隣接する。

四人のゼミ生たちは、四辺それぞれに向かってキャンバスを並べていた。

ここ数日、和美はデザイン棟にあるデジタル機器の揃ったパソコン室にこもっている。新しいバージョンの画像編集ソフトが入ったパソコンに向かい、何通りものプランを仕上げているらしい。どうして最初からキャンバスに描かないのかと訊ねると、編集ソフトの方が絵筆よりも扱い慣れているので、キャンバスの上で試行錯誤するよりも時間も画材も節約できるのだと答えていた。

描き方は人それぞれだな、と太郎は思う。描くときの作業着だって、太郎と望音はつなぎだけれど、詩乃はエプロン、和美はジャージだ。

詩乃のキャンバスにちらりと目をやると、さすがに上手だった。細部まで意識が行き届いており、どの線にも無駄や誤差はなく、全体の構図がよく計算されているので自然に四方へ視線が誘導される。

進行具合も一番早く、つらい、つらいと本人は漏らしているが、絵からは朝飯前だという印象を受ける。美術エリートの詩乃にとって、筆や鉛筆は身体の一部のようなもので、脳内には何千という描写のレパートリーが揃っているのだろう。

「なによ、人の絵じろじろ見て」

髪をゆるくアップにした詩乃が、アトリエに戻ってきた。

「いや、上手だなって思って」

「こんなの、誰だって描けるよ」

詩乃の言い方には謙遜というよりも、自分の絵はつまらないと心底感じているような響きがあった。傍から見れば、欠点などひとつもないのだから、もっと自信を持てばいいのにと太郎は思う。しかし詩乃の根底にあるのは、なぜか劣等感なのだ。

「そういえば望音ちゃんって、予備校通ってなかったんだよね」

とつぜん詩乃に声をかけられ、望音はびくりと肩を震わせた。

「そ、そうですけど」

「やっぱり予備校でちゃんと学んでないと、こういうの描くのってきつくない？」

望音は無言で、画材で汚れた小さな手のひらに視線を落とした。

ここ数週間、同じ空間でキャンバスを並べているのに、望音だけは会話に参加することなく孤立しはじめていた。

太郎は望音が描いている「砂利道」の絵を眺める。

初回の講評会で見た「自画像」に感じられた芯の強さや切れ味は消え失せ、コントロールしきれず苦戦しているのが伝わる。ただし単に手際が良くないからではなさそうで、むしろ自分から崩しているというか、あえて正解を手放しているようにも感じる。

「あの、もういいですか。集中したいんで」

望音が顔を上げて、困ったように太郎を見ていた。気がつくと、詩乃はすでに望音に対する関心をなくしたらしく、自分の作業を再開させている。

「ごめんごめん、つい」

太郎はポケットに手を突っ込んで、自分のキャンバスの前に戻った。

八割がた完成した自身の「ビー玉の瓶」は、時間を置いて見てみると、可もなく不可もなくという出来栄えだった。望音よりも安定感はあるが、詩乃ほどうまくはない。こういう風に自分の絵をつい客観的に分析する癖がある太郎は、絵に没入するのが苦手で、自作の限界に薄々気がつき冷めてしまう。

他人の絵を見ている方が、太郎にはよっぽど楽しかった。だからせっかく登校しても、ふらふらと他科のアトリエに遊びに行っては、友だちの制作を見てばかりで、自分の課題をやる時間がなくなっていた。

先週「一筆書きの薔薇五十枚」の講評会でも、森本からこう言われた。

——プロになるやつらに決まって備わっている原動力はなんだと思う？　闘争心だ。君にはそれがなさすぎる。

たしかにその通りだ。というか、その通りだと思った時点で大問題である。

太郎は他人の絵を見てもすごいと思うだけで、悔しいとはあまり感じない。他人を蹴落としてでも成功したいという情熱は、昔から皆無だった。経験でも技術でも補えないそれを「才能」というのなら、太郎には生来的に欠如していた。

その週末、太郎は月曜日に提出しなければならない課題のことも忘れて、シェアハウスのメンバーとの遅めの花見に参加した。新緑の木々はすがすがしいし、空いているのも好都合だ。

花見にはメンバーの他にも、デザイン科の子たちが集まっていた。なかには太郎と同じ学年の子もいて、一番盛り上がった話題は就活についてである。デザイン科ではよく企業説明会が催され、エントリーシートの書き方なども教わるらしい。

将来に向かって現実的に頑張っている彼らのことが、太郎は急に羨ましくなる。

「俺も、どっか受けてみよっかな」

太郎が冗談めかして言うと、里見先輩はビールの空き缶に煙草の灰を落としながら肯いた。

「いいじゃん、太郎も受けてみれば」

「マジすか！」

「就活って、自分を見つめ直すいいきっかけになるもんだよ。なにに向いてるかとか、なにが苦手かとか」

そう話す里見先輩は、学部のときに気まぐれにエントリーした大手広告代理店で内定が確定したものの、もう少しファッションを学びたいからという理由で辞退したというカッコよすぎる伝説を持っている。

「まずは説明会に行ってみたら？　やりたいこととか、働きたい会社とか、イメージできるかもよ」

里見先輩が言うと、デザイン科の他の子たちも「太郎なら会社員になっても楽しんでやりそうだよな」と笑う。ノリを合わせていただけだったのに、そんなことを言われたら、ついやる気になってしまう。

「油画科でも、相手にされますかね」

「大丈夫。案外知られてないけど、美大生っていろんな分野に応用できる造形力や発想力があるから、けっこう重宝されたりするんだよ。それに無理に最初から作家一本でやっていかなくても、就職しながらコネをつくって下積みをして、やっていけそうなら独立するっていう考え方もあるんじゃない」

「たしかに、そういうのもありっすよねー」

里見先輩から煙草を差し出され、太郎は「どもっす」と受けとる。煙草の美味しさはいまいちよく分からないけれど、誰かが吸うときは合わせてしまう。吸いはじめたのも、高校のときに出会ったある先輩からもらったからだ。


花見を終えたあと、みんなは近所のカラオケ屋に流れた。でも太郎だけは、みんなと別れてシェアハウスに戻ることにした。一人で帰るのは寂しかったけれど、連日の課題のせいでさすがに疲れている。

静まり返ったリビングのソファに横になって、ほっと一息つく。

これまでは面白いと思っていた友人たちの芸術談義に耳を傾けていても、自分はたいした絵を描いていないという事実がふいに頭をよぎる。かといって芸術の話題を避けてくだらない話をふるのも、不誠実な気がして心から楽しめない。

太郎はソファの脇に置いていたバックパックを引き寄せる。高校時代から使っている古着屋で買った黒いイーストパックだ。そこに入れっぱなしだったスケッチブックとペンを、なんとなく手にとる。

本当にやりたいこと、描きたいものってなんだろう。

このあいだ、〈すけっち〉で飲んだあとにアメ横で声をかけてきた男の人。ほとんど話したことのない年上の相手だったけれど、高校のときに参加していた同じクルーの一員だった。

太郎の手は自ずとスケッチブックの白い紙に、さらさらと線を描きはじめる。文字のようだが、意味はない。無心に形をつくっては修整するのをくり返していると、やがて蛇にも茨にも似たデザインが出来あがる。

――課題でも、そういう好きなもの描いた方がいいんじゃないの。

里見先輩の言葉が聞こえる。

好きなもの、本当の「自分の絵」。

それは太郎にとって、グラフィティの意匠だった。

グラフィティとは、平たく言えば、街角のあらゆる場所にスプレーなどでかかれた落書きである。

六〇年代末のニューヨークではじまり、公共空間に自分の「名前」を拡散的にかき残していく営みだった。ギャング同士の抗争と結びつきながら、若者を中心としたライターたちは夜な夜な目立つ場所を奪い合い、デザイン性の高さを競った。

世界にはさまざまな文脈のグラフィティが存在するが、共通のルールもいくつかある。まず正体を知られてはいけないこと。つぎに他の落書きに上書きするなら、それよりも上手にかかないといけないこと。だから稀に長いあいだ残る落書きは、レベルの高いものだけになる。

イノさんの落書きは、地元で一番多く残っていた。

――太郎のピースって、才能あると思うよ。

イノさんにそう言われなかったら、今の自分はない。

目をつむれば、スケッチブックだけではなく、街のあちこちを彩ったイノさんの作品が思い浮かぶ。

つぎの瞬間、太郎はがばりと身を起こした。

里見先輩と見たヒッチコックの『めまい』の冒頭シーンが、とつぜん再生されたからだ。ビルの屋上から真っ逆さまに落ちていくのはイノさんだった。あのとき俺にはなにかできることがあったんじゃないか。太郎は手で顔を覆った。

【なんか色がへんと思って外を見たら、なんともう夕方だった。今日も気づいたら、日が暮れていたパターン……。】

【しのちゃん、集中しすぎ！　少しは休んでね。^^;】

【ありがとう。絵を描いてたら、時間を忘れちゃうんだよね（笑）。】

＊

【新しく描いた絵、アップします。自己評価は低いんだけど。】

【めっちゃ上手じゃん。実物見てみたい！】

【いやいや、ほんと見るほどのものでもないから（ため息）。】


休憩時間に、詩乃がツイッターを確認しながらアトリエに戻ると、二十代前半くらいの外国の女の子が、望音と立ち話をしていた。美術系らしき個性的でおしゃれな風貌なので留学生だろうか。

望音はいつのまに勉強したのか、流暢（りゅうちょう）とまではいかなくても、それなりの英語でコミユニケーションをとっていて、やがて彼女とともにアトリエを出て行った。一時間ほどして帰ってきた望音に、詩乃は訊ねる。

「今の子、誰だったの」

「えっと、ロイヤル・アカデミーの大学院生です。東京に展示に来てるらしくって――」

「ロイアカ⁉　すごい人じゃん」

となりにいた和美が、目を丸くして口を挟んだ。

海外の美大を調べるのが趣味だという和美いわく、ロイヤル・アカデミーは数多あるロンドンの美大のなかでも、最高レベルの教育機関だ。言ってみれば、世界でトップクラスのエリート校らしい。十八世紀に英国王室によって設立されたイギリス最古の美術学校でもあり、授業料もほぼ無料、一年にごく限られた人数しか選ばれないため、卒業後は華々しい活躍が約束されているのだとか。

興奮しながら話す和美のとなりで、だからなんだっていうのよと詩乃は冷める。

「いいなー、一度でいいから、私もそんなところで制作してみたいわ」

本気で羨ましそうな和美に、望音は申し訳なさそうに言う。

「ほんとはみなさんにも紹介したかったんですけど、急いでたみたいで」

「マジで？　じゃあ、私もその人の展示行きたいから、情報教えてよ」

和美が目を輝かせているのをよそに、詩乃は望音に訊ねる。

「どうしてそんな子がうちに来たのよ」

「ＹＰＰの審査員にロイアカの教授がいたんです。その教授に紹介してもらって、うちに見学に来たらしくって」

「そうなんだ」

感心している風を装って、詩乃は内心、別にあんたがロイアカに行くわけじゃないんだから、と白い目で突っ込んだ。

「じゃあ、作業戻りますんで」

ふたたびキャンバスの前に腰を下ろすが、なぜか詩乃はまったく筆が進まなくなった。その代わり、となりで制作の準備をはじめた望音の一挙一動が、やけに気になってイライラする。

思い返せば、詩乃は油絵具の匂いをつけたままでいるのが嫌で、香水をふったりして気を遣っているのに、望音は信じられないことに毎日作業着のつなぎで現れ、そのままの姿で帰っていた。つなぎをまくった腕は、ムダ毛も処理していない。

外見をきれいにしていた方が美しいものを描ける気がして、人一倍外見に気を遣っている詩乃は、望音の態度に嫌悪感を抱く。

——ああいう純粋に絵が好きっていう子が、才能の持ち主だったりするのかな。

そんなの、絶対に認めない。

もし「才能」というのが、誰しもが認める圧倒的な輝きだとすれば、詩乃は最後の一人になっても望音を否定してやると誓った。


第一タームが終わる頃、ゼミ生たちの右腕には湿布が何枚も貼られていた。期限付きでなければ、これほどの量の課題はやり遂げられなかったかもしれない。総評での森本は初回の講評会以上に辛辣だった。

「少しは『自分の絵』を描けると期待してたんだがな」

四人は疲れ切り、反論する余力もない。

「諦めるなという言葉は、偽善者が使うものだ。この程度が限界なら、社会のゴキブリになる前に、一刻も早く諦めろ」

とくに望音は第一タームで一番苦戦していた。毎回「基礎がなっていない」「やる気がない」「雑すぎる」といった酷評をされていたが、総評でも「名画の模写」が全否定され、詩乃はざまぁ見やがれとほくそ笑む。

「模写っていうのは、先人のものの見方や技術を探るための訓練だ。ラファエロもゴッホもみんな模写によって絵の描き方を学んだし、雪舟だってわざわざ明まで出向いて修業した。それなのに、お前のデュビュッフェはなんだ？」

望音は作業着のポケットに手を突っ込み、黙って話を聞いている。

詩乃には、模写の課題として、ジャン・デュビュッフェを選ぶという神経が信じられなかった。アウトサイダー・アートの由来となった「アール・ブリュット」を提唱した画家で、未熟な子どもや精神障碍者といった素人の描く絵に通ずるものがあるが、それを模写したところでなにを学ぶの、と詩乃は突っ込みたくなる。

すると森本は詩乃の絵を指さした。

「対照的に、こいつはコピーすることだけは得意だから、与えられた課題を要領よくこなすことができている。第一ターム全体では、文句なしでこいつが一位だ」

必死で取り組んでいた詩乃は、寝不足のせいか、あるいは貶されすぎて感覚が麻痺したせいか、その評価をこれ以上ない絶賛として捉え、つい口元に笑みを浮かべた。

「ありがとうございます」

答えながら、自らが模写したフェルディナント・ホドラーの風景画を眺める。キャンバス上で生み出されるリズム感や、スイスの自然を忠実にうつしとろうとする姿勢など、描き進めながら少しずつホドラーに近づいていく手ごたえがあった。

模写にせよデッサンにせよ、「正解」があることに詩乃は安心できる。

成功と失敗、勝利と敗北。白黒はっきりしている方が、なにごとも頑張れる。人は競争することによって、自分を高められる生き物だからだ。誰かと比べてはじめて、自分の立ち位置を自覚できるし、能力を伸ばそうと意気込める。

森本ゼミは自分に合っている。

詩乃はそう実感した。

「今日で第一タームは終わりだ。今まで全員が同じ課題に取り組んだわけだが、おかげで自分にとってなにが得意でなにが苦手か、少しは分かっただろう？　周囲と同じことに取り組むというのは、『自分の表現』を見つけるための効率的な方法だ。これからはどんな絵でも、どんな場面でも『自分の表現』に自覚的であるように。それこそが卒業後もたくましく生きていけるかどうかの分かれ目だ」

総評の終わりに、森本は「自分の表現」という言葉を強調した。「次週からは第二タームに進む。応用編だ」

四人はおのおののスペースの片付けをはじめた。講評会前後のアトリエは、数えきれない失敗作の他、大学図書館に返す画集や資料、画材やゴミ袋が雑多に散乱して、嵐が過ぎ去ったようなカオスと化していた。

一人だけさっさと作業を終わらせて帰ることの多かった汐田望音が、その日は箒を持ったまま窓辺に寄って外を眺めていた。その小柄な背中はいつになく哀愁を帯びていて、詩乃はちょっとかわいそうになる。

――猪上、汐田に技術的なことを指導しとけ。

森本から最後に指示されたのを思い出し、声をかける。

「望音ちゃん、大丈夫？　絵画技法の入門書とか、今度持って来てあげるね」

弱っている相手に「大丈夫？」と訊ねるのは、なんと気持ちのいいことだろう。しかしこちらを向いた望音は、思った以上にしんどそうだった。顔色もひどく悪いし、呼吸もあがっている。

「ひょっとして、体調悪いの？」

「いえ、大丈夫です」

即答されて、詩乃は面食らう。

せっかく心配してあげたのに、なによ？　酷評されてショックを受けてるだけじゃないの、強がっちゃって。しかしこれ以上望音を追い詰めるのはかわいそうな気もするし、今回勝ったのは自分なので、寸前のところで止める。

「森本先生って厳しすぎるから、あんまり気にしなくていいんじゃない？」

疲労困憊したせいか、近くにいた和美もへんなテンションで望音を励まそうとする。

「そうそう。絵で食べていくためには、こういう技術的な訓練も必要だろうし、それを頑張れるかどうかも、ひとつの才能だよね。森本先生ってじつはそれを試したかったんじゃないかな。そういう意味では、私たち、十分頑張ったよね」

「それなー」

そこで会話は終わると誰もが思ったし、いつもなら終わっていただろう。

しかし誰かがぼそりと呟いた。

「あほみたいじゃ」

詩乃は望音の方を見やった。

あほ？　聞き間違いだろうか。いや、たしかにそう言ったはずだ。それは自分に対してなのか、ここにいる全員に対してなのか。和美の方を見たが、彼女の耳には届かなかったらしい。

「あほってなによ」

望音はふり返り、慌てたように両手で口を覆った。

「ごめんなさい。このくらいのことで喜んで、本当に絵が好きなのかなって……」

は？　あんたみたいなちんちくりんに、なんでそんなこと言われなきゃいけないの。

でも望音のまっすぐな目を見ていると、なぜか声にならなかった。

5

「つづいては、『上野のドブネズミ』さん」

制作中にラジオアプリで聴いていた深夜番組から、その名前が聞こえてきて、望音の手はぴたりと止まる。四六時中ラジオを聴いている望音は、何度かメッセージを書き送ったこともあるほどで、そのラジオネームも憶えていた。

「『毎週楽しく聴いています！　じつは今月から就活生になったのですが、御社と貴社の使い分けがどうしてもできません。このあいだの練習では、弊社は、と勤めてもいないのに言ってしまいました』だって。ははは」

同世代らしい「上野のドブネズミ」さんは、よく名前を耳にするハガキ職人で、その文章は情景が思い浮かびやすいし、そのあとパーソナリティのトークも盛り上がる。なによりぷっと笑ってしまう内容が好きだった。

今日はツイとるな。

いっそう筆がのってくる。

こうして一人ラジオを聴きながら自分の絵を描いていると、第一タームでのストレスが吹き飛んでいく。

望音にとって、第一タームの課題は心底つまらないものばかりだった。同じものを正確に描きうつすなんて、せっかく海に来たのに溺れるのをおそれて泳がないようなものだ。水に触れて浮力を感じてこそ、海と仲良くなれるのに。

「まぁ、どうでもええわ」

望音は呟き、口笛を吹く。

森本から怒られたことも、最下位をとったことも、望音は露ほども気にしていない。新しいキャンバスに向かうだけで、自由に飛び回る鳥みたいに、どんどん描きたいことが浮かんできて、あっという間に時間が過ぎていくからだ。

望音は絵を描くとき、なにも参照しない。自分の感覚を信じている。

記憶のなかに大切な引き出しがたくさんあるので、必要に応じてそれを覗けばいい。望音にとって絵を描くことは、自分のなかに下りていき、そこに眠っている宝物を掘り当てるのと同じだった。

今描いているのは、生まれ育った島の風景である。

その絵を見て、「たしかに島だね」と同意してくれる人はあまりいないだろう。港の部分では船の舳先がやけに強調されているし、海の部分では一瞬の反射によって変化するさまざまな色が、大胆に塗り重ねられている。

言語で表せないもの、なんだかよく分からないものが、望音にとって見たい世界だった。それを具現化させるために、物心つかない頃から、砂浜にせよチラシの裏にせよ、涙で床にねずみを表した雪舟小僧のように、沢山たくさん描いてきた。

望音にとって、描くことは冒険である。ただし宝の在り処を示す地図はない。誰が見ても分かりやすく美しいと思うような完璧な絵よりも、誰にも理解されなくても全身で浸れるような、絵と見る側の境界が溶けてなくなる、雄大な世界を目指したかった。

今取り組んでいるのも、油絵具だけではなく卵テンペラ、麻布を用いた混合技法と呼ばれる方法だ。素材の偶然性が、奇跡的に記憶と呼応するときが一番わくわくする。楽しいかどうかが、望音にとっては重要だった。

望音の頭には、いつも絵具のことしかない。どうすれば誰も思いつかなかったような斬新なやり方で、一度も見たことのない素敵な色をつくれるか、それはどんな色でどんな光や色と合うか、早く試したくてうずうずする。

そのとき人の気配を感じ、顔を上げた。

「うわっ」

望音はパレットを落としそうになった。ラジオで気がつかなかったが、すぐ横に森本研究室の助手である高橋が立っていたからだ。ヘッドホンを外して、

「お、お疲れ様です」

と望音は慌てて頭を下げる。

高橋はなにも言わず、しばらく無表情でじーっと望音の絵を見つめてくる。なんかうちいけんことでもしてるじゃろか、と望音が不安になりはじめたとき、高橋は「なにしてるの」と呟いた。

「見ての通り、絵を」

「そうじゃなくて、今日はゼミ休みだろ」

「あ、でも自分の絵が描きたくて。すみません、勝手に来ちゃったりして」

頭を下げながら、でもなぁと望音は頭をかく。

一人暮らしをしているアパートで描くという選択肢もあったが、大学の方が光も安定しているし画材も揃っている。とくに第一タームはものすごい量の課題が出たので、いちいちアパートに荷物を持って帰るのは大変だ。

そういった経緯をどう説明しようと望音が考えていると、高橋はにこりとほほ笑んだ。

「そっかそっか、落ち込んでるんだね。大丈夫、森本先生には、汐田さんは真面目に頑張ってるって伝えておくから、安心して」

「へ？」

意味が分からず訊き返すと、高橋はこうつづける。

「厳しいことも言われたと思うけど、汐田さんが頑張ってるってことは、森本先生も分かってくれるって」

「えっと……」

助手の親切ぶった口調に、ようやく望音は気づいた。

なるほど、この助手は第一タームで酷評された望音が、森本からの評価を挽回したくて、休みの日にわざわざ制作しに来たと勘違いしたのだ。

「そういうことだから、今日はもう帰っていいよ。わざわざご苦労様」

「はぁ」

そんな風に思うなんて、この人は森本から評価されるためだけに絵を描いているんやろか。この人にとって絵を描くことは、自分のためやないっちゅうこと？　呆気にとられている望音をよそに、助手は去って行った。

「ほんまに、あほみたいじゃ」

この二ヶ月間、いや、入学してからずっと望音にはよく分からなかった。好きなことを学びに来ているはずなのに、講評会が終わるたびに「つらい」とか「もう描きたくない」とか漏らす同級生たちの気持ちも、自分よりもはるかに上手なのになぜか心を動かされない彼らの作品も。

とくに、学内では高く評価されているらしい詩乃の絵の良さを、望音はどうしても理解できない。

——才能があるっていいねー。

あの一言を、詩乃はもう忘れているようだ。

それは三年ちょっと前、油画科一年生だけの顔合わせだった。

望音以外の全員が大手美術予備校ごとのグループに分かれていたので、望音は転校生にでもなった気分だった。入学式でその場に誘ってくれた太郎は誰とでも分け隔てなく接していたが、それ以上に幹事として場を盛り上げるのに忙しそうで話しかける隙はなかった。

迷路みたいに広いチェーン店の居酒屋は、同じように初々しい大学生の集団が他にもいて、とにかくうるさかった。東京の喧騒にもまだ慣れず、未成年でお酒も飲めない望音は、グループとグループのあいだの中途半端な席に座って、曖昧な相槌を打っていた。

　そんな望音に最初に声をかけてくれたのが、詩乃である。

——はじめまして、望音ちゃん、だっけ。

　学年で一番華のある子だった。島では見たことのない洗練されたファッションに身を包んでいて、東京で育つとこういうセンスが磨かれるんだなと見惚れた。雰囲気からしてもう知り合いがたくさんいて、みんなから一目置かれているらしい。

——はい、よろしくお願いします。

——敬語？　タメ語でいいのに。

　詩乃はくすくすと笑い、望音もつられて笑った。でも本当は、島の方言で話していいものか分からず、かといって標準語も慣れないので、つい敬語になっただけだった。どうやら詩乃は、事前に太郎から望音を誘ったことを聞いて、話し相手になろうと気を遣ってくれたらしい。

——どこの予備校、通ってたの。

——予備校、行ってないんです。地方の離島に住んでたから、近くに絵を習える場所がなくて。

　詩乃の表情が固まった。

――それって、やばくない？　普通、田舎出身でも、わざわざ上京して予備校に通うものなんだよ、東京美大の受験って。

田舎出身。

望音は急に、チビで野暮ったい自分が場違いのように感じられる。

――もしかして、現役？

肯くと、詩乃は大げさに驚いた表情をしたあと、全員に聞こえるような大声を張り上げた。

――みんな聞いて！　この子、予備校に通ってなかったうえに現役なんだって。私なんか美術系高校通っても一浪したのに。才能があるっていいねー。

詩乃はつぎに大学で会ったタイミングで、望音にスマホの画面を見せてくれた。

――これ、めっちゃいい写真じゃない？

うつっていたのは、お開きのタイミングで「記念に一枚」と言われるままに自撮りした、二人のツーショットだった。キメ顔でばっちりな詩乃のとなりで、半目でぎこちない笑みを浮かべている自分は泥だらけの芋にしか見えない。

――ツイッターに上げさせてもらったんだけど、いいよね？

詩乃の投稿は、【予備校に通ってないのに現役合格した、望音ちゃんっていう少し変わった子とお話ししました。顔合わせは盛り上がりました！】というコメント付きで、ふと見回すとクラスメイトたちがその写真を笑っていた。望音は反射的に笑顔をつくりながらも詩乃の目を見ず、いいですよと答えた。

つまらないマウントをとっているだけなのに、詩乃のことを疑う者はおらず、みんなその投稿を喜んでいるようだった。

人間らしい顔してるなと思った。

絵に描くために、望音はなんでも観察してしまう。誰かを見下している人の顔は特徴的で、描きどころが多い。たとえば、呆れと好奇心で恍惚とした目、それに笑っていなくても優越感で歪んだ口元など。

望音は中学や高校でもマウントをとられがちだった。ただしそれを悔しいと感じることはなく、いじめとは違って気にしなければそれで済むので諦めていた。

しかし美大には目標を持った子が集まるのだから、くだらないことで優位に立とうとする子はいないのではないか、と心のどこかで入学前に期待もしていた分、落胆は大きかった。

数週間後、授業で詩乃の絵をはじめて目にした。明るく調和のとれた色彩だが、なんの面白みも個性もない、絵画技法の本にお手本として掲載されていそうなその絵を見て、確信した。たぶんこの子とは分かり合えないだろう、と。

暗くなったキャンパスで、自転車置き場までの道のりを一人歩く。ヴ、ヴ、ヴ。たぶん母からの着信だろう。不在着信も何件か入っていたが、今の望音は母と話す気になれなくて無視する。

「なんでこんなとこ、来てしもうたんじゃろ」

そう独りごち、望音はため息をついた。

あの誘いのことも、結論はまだ出ていない。母に話したら、なにを迷ってるのと叱られるに違いない。思い返せば、東京美大を受験したのだって、ＹＰＰの賞に出したのだって、母から強く勧められたからだった。

――才能っちゅうんは、環境が伴わんと無駄になってしまう。あんたの才能を伸ばす責任が、あんたにもお母さんにもあるんじゃ。

でも望音は、プロになることや誰かに認められるために描くことを、本当に望んでいるわけではなかった。好きな絵を好きなように描ければ幸せなのだから、絵具を買う最低限のお金があればそれでいい。逆に東京に来てから、余計なことを考える時間が増えて戸惑っていた。

　ポケットのなかに手を入れると、指先にレモンイエローのチューブが触れる。描いていないときでも絵のなかの世界にいられるので、望音はお守りとしてその日の気分で選んだ色の絵具をいつもポケットに入れていた。

「ま、なんとかなるか」

　望音は自転車にまたがって、地面を勢いよく蹴る。

　いろいろ考えるよりも、きれいな花でも買って美味しいものをつくろうっと。そういえばスーパーでイサキを売ってたから、塩焼きにでもしようかな。ケセラセラの口笛を吹きながら、立ちこぎして大学をあとにする。

　望音のアパートは、日暮里(にっぽり)駅近くにある。

　谷中(やなか)霊園を通り過ぎるとき、見覚えのあるうしろ姿を追い越した。

　大学でのつなぎ姿とは違い、リクルートスーツを着ている太郎だった。手元のスマホを見ながら歩いていて、望音には気がつかなかったようだ。

　え、太郎さんって、就活してるの？

　望音は見てはいけないものを見てしまった気がして、慌ててペダルを踏む足に力を入れた。

＊

「では、当社からのご説明と注意事項は以上ですので、みなさん一人ずつ簡単に自己紹介と志望動機を聞かせていただけますか」

想像していたよりも若い男性面接官がにこやかに言うと、太郎の両隣に座っている二人は「はい」と同時に肯いた。デザイン科の子たちから聞いていた通り、面接官三人に対して学生三人という形式である。

「××大学経済学部四年の××と申します。大学ではウェブマーケティングのゼミに所属していて、主にSNSを用いたマーケティングの研究をしています。大学一年の頃から御社の鞄を愛用しており、その使い勝手の良さが気に入っていました。今まで自分が大学で学んできたことを生かして、御社のご活動に貢献したいと思っています」

右にいる女性面接官が優しげにほほ笑む。

「弊社の製品をご使用いただいて、ありがとうございます。SNSを使ったマーケティングの研究について、具体的に聞かせていただけますか」

数分やりとりしたあと、男性面接官がとなりに座っている太郎に向かって「では、次の方、お願いします」と言った。

「東京美術大学美術学部四年の小野山太郎です、よろしくお願いします」

しかし静かな会議室で、複数の大人たちから注目されるという状況に慣れなくて、準備していた台詞が出てこない。今からわずかな時間のやりとりで自分の人生が決まるのかと思うと尚更だ。

「大丈夫ですか」

太郎は深呼吸する。どうせダメ元で来たんだ。自分をとりつくろって不採用通知を受け取るよりも、当たって砕けた方がいい。

「緊張してしまい、申し訳ありません。えっと、私もさきほどの方と同じように……き、御社のプロダクトを愛用していました。それで先日偶然にも、販売店の方からの紹介で、社員の方と知り合うチャンスが持てたんです。その方がとても親切で、工場見学までさせてくださって、普段からみなさんが真剣に議論しながらも、協力的なムードで鞄をつくっている様子を見ることができました」

面接官には意外だったらしく、「そうですか」と目を丸くして訊ねる。「実際に工場を見学してみて、どうでしたか」

「ありがたい機会でした。私は人と出会える運がけっこう強い方なのですが、今回はとりわけラッキーだったと思います。あの丈夫さや使いやすさは、こういうところから生まれているんだなと感動しました。私は美術大学に在籍していますが、最近は一人で制作に没頭するよりも、みんなで集まってあれこれ議論しながら協力し、ひとつのものをつくり上げていくことの方が向いていると感じていました。だからこういう職場で働きたいなと純粋に思いました」

自分の心を見つめながら、一気に話し終えた。すると今までずっと黙っていた年配の女性面接官が口をひらいた。

「趣味に『餃子(ギョーザ)づくり』とありますが、これは？」

そこを突っ込まれると思っていなかったので、太郎はつい照れ笑いを浮かべる。

「私は一年生のときは大学の寮に、二年生からはシェアハウスで暮らしていて、そうした経験のなかで、初対面の人と仲良くなるのには餃子づくりが便利なことに気がついたんです。はじめは一人でつくっていても、だんだん周りも興味を持って、おしゃべりを楽しみながら餃子づくりの輪が広がっていくからです。それに餃子のレシピって無限に応用することができて、たとえば皮の作り方、タネの具、加熱法によっても全然違うものになるので、留学生から各国の餃子に似た料理を教わったりしながら、バリエーションを増やしていきました。そしたら評判になったらしく、学園祭でも驚くほどの売り上げを得ることができました」

「それはすごいですね」と面接官は笑った。

「学園祭では、一メートルを超える巨大餃子をつくったのですが、そのときも溶接が得意な彫刻科の子に巨大鉄板を仕上げてもらい、粘土をこねるのが得意な工芸科の子に皮の生地を練ってもらって、私はアイデアを出して誰かにお願いするだけでした。レシピはすべてデータ化してあるので、今は私がいなくても後輩たちが同じ味を再現しています」

大好きな餃子づくりのことなら、太郎は自然にすらすらと答えられた。

「ありがとうございました」

話の区切りがついたところで、面接官はつぎの学生に質問をはじめた。面接官は三人とも話しやすく、そのあと途中から調子にのってウケをねらったりもしたが、本番の面接ははじめてだったし、トントン拍子でうまくいくわけがないと諦めもついた。

会社のビルを出たとき、油画科で飲み会をしないかというメッセージが届いた。太郎は彼らに就活のことを隠しているので、日暮里駅で降りてシェアハウスに戻り、私服に着替えてから〈すけっち〉に向かうことにした。

「お疲れー」と挨拶しながら座敷に腰を下ろすと、和美から声をかけられる。

「遅かったね」

「うん、ちょっとバイトで」

「このあいだ、もう辞めるって言ってなかったっけ」

太郎は一年生の頃から、大学の近くにある、美術公募展の出展代行を行なう会社でアルバイトをしていた。プロアマ問わず美術品の集荷や輸送、展示や審査の補助をするという仕事内容だったが、社長がとにかく偉そうで太郎は周囲に愚痴をこぼしていた。

「特別に頼まれて」

「あやしいなー。こないだも柄悪そうな兄ちゃんに声かけられてたし、良からぬことでもしてんじゃないの」

なんだよ良からぬことって、と突っ込みながら、太郎はうまく笑えない。早く話題を変えるために「そういえば望音ちゃんは」と訊ねる。

となりにいた詩乃が首を左右にふった。

「どうしてあの子って、ＳＮＳとかやらないのかな。連絡とりにくいんだけど」

詩乃が面倒くさそうに言い、和美は「まぁ、そう怒らずに」と笑って肩を叩く。「情報が欲しいと思ってないんじゃない？　望音ちゃんってＳＮＳなんてやらなくても、自分のなかに引き出しがたくさんあるって感じするし」

「でもSNSがないと展覧会の宣伝もできないし、不便じゃない？　このあいだも描きやすそうな筆を持ってたから、ちょっと使わせてって言っただけなのに、自分以外が使うのが嫌だって、冷たく断られちゃってさ」

「なんだっけ、イチローも自分のバットは他人に触らせないんだよね。『プロフェッショナル』で言ってたよ」

和美の発言にその場にいた何人かが笑ったが、詩乃は笑わなかった。

「イチローに失礼だよ」

望音がこういう場に来ない理由のひとつは、詩乃がいるからなんじゃないかと太郎は薄々気づいていたが、口には出さない。やがて和美は先に帰ってしまい、そろそろ太郎もお暇(いとま)しようかと席を立つと、詩乃から呼び止められた。

「太郎、ちょっと二人で話したいんだけど、ここ出ない？」

「今から？」

「すぐに終わるから」

詩乃はそう言って、さっさと外に出てしまった。

二人は駅の反対側にあるスポーツ観戦のできるパブにうつり、カウンターで詩乃がやたらと名前の長いカクテルを注文する傍らで、太郎はすぐに飲み終えられるハーフパイントのビールを頼み、二人用のテーブル席に向かい合って腰を下ろした。

「ごめんね、急に」

「いいよ」

「最近、調子はどう?」

「ぼちぼちかな。詩乃は?」

「私もなんとかって感じ」

当たり障りのない話をしながら、横並びの席にすればよかった、と太郎は後悔する。向かい合うと、無理に会話の糸口を探さなくてはいけない気がしてしまう。しかも詩乃はなかなか本題を切り出さず、ピンクとオレンジの混じり合うカクテルも一向に減らない。

二人は一年生の夏から三年生の冬まで付き合っていた。

太郎が詩乃をはじめに意識したのは、入試の試験会場である。日本画かデザインと会場を間違えているんじゃないかと思うくらい、垢抜けてきれいな子が一人いて、太郎は俄然やる気になった。入学後にさっそく話しかけてみると、社交的で明るく、美大生なのにいい匂いがした。

しかし別れを告げたのは、太郎からである。

——理由を話してくれないと、納得がいかない。

詩乃は腑に落ちていないそうだったが、太郎は本当の気持ちを言えなかった。

「太郎とこうやって二人で話すの、久しぶりだね」

漂わせている空気から、ひょっとするとよりを戻したいという気があるのかもしれないと太郎は察する。でも——と考えてしまう。その動機にあるのは恋愛感情ではなく使えるかどうかという損得勘定ではないか。

最初に不信感が芽生えたのは、二人とも選択していた授業の講評会だった。

太郎がデート中にぱっと思いついて口にした作品のアイデアを、詩乃がさも自分一人で考えたという態度で発表したのだ。単なる思いつきだったたし、作品に昇華したのは詩乃なので、ひょっとして同じことを考えていたのかなと深く追及しなかった。

しかしつぎの課題が出たとき、詩乃は「太郎はどう思う？」と堂々とアイデアを求めてきた。そうして太郎は新しい課題のたびに相談され、詩乃の分までアイデアを練ることが当たり前になった。

いつかの飲み会で、高名な現代美術家の夫婦が、夜な夜な寝ている相手のアトリエを覗いて、アイデアを奪い合っていたという逸話を聞いたことがあった。ものをつくる者同士よくあることなのかもしれない。

だから断らなかったものの、太郎のなかのクリエイティヴィティはタンクのように決まった分量しか日々溜まらないので、その都度太郎は自分のなにかがすり減っていく感覚がした。

――もうこういうの、やめにしないかな。

太郎がそう提案すると、詩乃は怒り出した。

――太郎から一方的にアイデアを引き出してるわけじゃなくて、二人で話し合って練りあげてるんじゃない。

そうかもしれないが、太郎は関係をつづける気力を持てなかった。このことを知っているのは、なんでも話せる里見先輩だけだ。正確に言うと、里見先輩の方から指摘してきた。

――たまたま詩乃ちゃんの作品見たんだけど、あれ、太郎のアイデアじゃないの？

里見先輩はまさかと思っていたのか、半分冗談っぽく訊いてきたが、太郎の浮かない顔を見て、マジかよと引いていた。

詩乃と別れたと報告したときも、励ますようにこう言われた。

——勘違いだったら悪い。でもああいうなに考えてんのか分かんない子は、別れて正解じゃない？　パートナーとアイデアを練るのは悪いことじゃないけど、それならお前も絵描きとして成長できて、お互いにプラスになる関係にならないとさ。あの子の場合、お前の大切なものを奪っていってるようにしか見えないし、お前はいいやつだから、いつか足を引っ張られるよ。

でも太郎は、詩乃を嫌いになることができなかった。

詩乃は詩乃なりに一生懸命もがいているのが伝わったし、太郎にはない闘志を持っているところは素直に尊敬できたからだ。むしろ自分の方こそ、たいしてやる気もないくせに美術なんてやるべきじゃなかったんじゃないか、好きな女の子一人サポートできなくて器が小さすぎたんじゃないか、という思考に陥った。

「太郎ってさ、どうして森本ゼミに入ったの？」

とつぜん詩乃から質問され、太郎はわれに返る。

どうして。いくつものどうしてが重なる。どうして美大に入った。どうして自分の作品に向き合わなかった。どうして親に黙って就活している。どうしてあのとき、なにもできなかった。

——闘争心だ。君にはそれがなさすぎる。

という森本の言葉。

――いくら人間的にバランスがとれてたって、友だちが多くたって、絵描きに向いているわけじゃないんだからさ。

という和美の言葉。

――みんなで集まってあれこれ議論しながら協力し、ひとつのものをつくり上げていくことの方が向いていると感じていました。

偉そうに語りながら、つらいこと、あの出来事から目を背けているだけだ。

太郎の頭に、イノさんの影がよぎる。

太郎は思春期を迎える頃から、聴く音楽も観る映像も、アンダーグラウンドなものばかりになっていた。とくにグラフィティには、家業である陶磁器の絵付にも似たステンシルという技法があると知って興味を惹かれ、ノートにデザインをかき溜めていた。

イノさんとはじめて会ったのは、高校一年生のときだ。ブレイクダンスが趣味だった従兄(いとこ)が、クルーの集まりに連れて行ってくれたのだ。その前から街に散在しているイノさんの落書きを知っていたので、あのカッコいい落書きをした人かと感激した。

――はじめまして、イノです。

いかつい大人を想像していたが、中性的な顔立ちをした線の細い青年だった。

太郎は、一筆で名前をサインしただけのタグや、風船のように膨らました文字を二色でかいたスローアップよりも、ステンシルなどの技法を駆使した完成度の高い絵画みたいなマスターピースの方が、見ごたえがあって好きだった。

だからイノさんのマスターピースをはじめて見たとき、衝撃を受けた。白と黒だけなのに、躍動感、立体感、疾走感のすべてが揃っていて、なによりめちゃくちゃ立体的だった。絵画だ、と思った。すげぇうまい、と。

だから太郎は自分のノートを見せた。

——センスあるね、また見せてよ。

その一言が嬉しくて、集まりがあるたび参加するようになった。

イノさんには自分はアートをやっているという自覚があって、単なる不良の気晴らしではないといつも話していた。バンクシーのようなアート寄りのグラフィティについても彼から教わった。大英博物館に自らの壁画を勝手に展示したり、武装した兵士が監視するパレスチナの分離壁に穴の落書きをしたりしたことを知って、太郎はアートって面白いなと思った。

やがて太郎はイノさんにくっついて、地元にある複数のクルー間を行き来するようになった。クルーに分かれているといっても、基本的にはみんな一匹狼で活動し、たまに誰かの家に集まってユーチューブを見ながら勉強したり、ノートにかいたデザインを見せ合ったりしていたのだ。

でもなかには、怖い人たちもいた。

高校生だった太郎は、彼らとの関わりをなるべく避けていた。イノさんもはじめのうちは彼らと距離を置いて、純粋にかくことを楽しんでいるように見えた。それなのに、まさかあんなことになるなんて。

過去が太郎を引き戻そうとしていた。

「どうかした？」

目の前にいる詩乃が、こちらを不安そうに窺っている。カラフルだったカクテルもいつのまにかグラスの底で澱んでいた。

「いや、ごめん」と言いながら、太郎は目を逸らし、すっかり生ぬるくなったビールを一気に飲み干す。「最近いろいろ迷ってることがあってぼんやりしてた。で、今回呼び出したのって、結局なんだったの？」

「この頃の太郎、元気なかったから、いろいろ話したかっただけ……でも今は、あんまりいいタイミングじゃなかったかもね、ごめん」

「いや、こっちこそ」

明るく返したが、妙に突き放した言い方になってしまった。

二人は店を出ることにした。

おもてでは小雨が降りはじめ、闇に沈んだ新緑も鬱蒼（うっそう）として見える。すし詰めになった電車に揺られながら、太郎は悶々と考えた。目をつむると、ヒッチコックの『めまい』の冒頭が浮かぶ。

あのとき、もっと自分にはできることがあったんじゃないか。

6

「あの、作品を見ていただきたいんですけど……」

和美が徹夜で作成した自前のポートフォリオを差し出すと、カウンターに座っていた女性スタッフは、瞬時に迷惑そうな表情になった。日本人離れした雰囲気の、仕事のできそうな女性スタッフは、それでもすぐに笑顔になって、

「すみませんが、うちは当面、所属アーティストを増やす予定はないんです」

と、いわゆる「丁重なお断り」をした。

和美が訪れたのは、いくつかの老舗ギャラリーがテナントを持っている六本木の複合施設だった。六本木には森美術館や国立新美術館といった大きい美術館だけでなく、商業ギャラリーが数多く点在しており、八〇年代はサブカルチャーの聖地だったというが、今では海外のアート好きが東京に来て真っ先に訪れる場所になっている。

そんな六本木の、バブルの名残のあるアートの最前線に、和美が無謀にも飛び込んだ

のにはある目的があった。

——以前そちらにファイルを郵送したんですが、作品について意見をいただきたく、お電話しました。

別のギャラリーに、和美はあらかじめ電話をかけていた。対応してくれたのは、男性の声だった。

——いきなり郵送されてもねぇ。

そんなの見てるわけがないだろ、というつづきが聞こえた気がした。和美は作品の画像を丁寧に印刷し、簡単なコンセプト文をつけたファイルを、都内のほぼ全ギャラリーに送っていたが、いずれのギャラリーからも返事はなかった。痺れを切らして、そのうちの一軒に電話をかけてみたのだ。

——ああ、ありましたよ。中尾和美さんですね。

ほっとしながら、それです、と和美は答える。

——ちょっとうちとは毛色が違うかな……でも若いから、いくらでも変われるんじゃないかな。うちにもね、若い子がよく持って来るんですよ。なかには毎週、熱心に作品を持って来てくれている子もいてね。まぁ、取り扱えるっていう確信はないけど、うちのテイストに合わせられれば、可能性はないわけじゃないから。

ちょっと待って――自分の作風に合うギャラリーを見つけるんじゃなくて、ギャラリーの趣味に合わせなきゃいけないの？

――あの、作品については、どう思われましたか。

――いいんじゃない？　頑張って。

埃（ほこり）でも払うような軽い言い方だった。

和美はもはや、画廊の所属作家になりたいなんていう大それた気持ちは、微塵も抱かなくなっていた。取り扱ってもらえなくてもいいから、一人でも多くのプロの人に作品を見せて、一言でも意見が欲しい。だからギャラリーを直接訪れることにしたのだ。

カウンターで対応をしてくれた女性スタッフに、和美は訊ねる。

「ファイルと名刺を置いていきますんで、せめて目を通していただくことだけでもできませんか？」

和美はオンライン業者で簡易に印刷した名刺を添えて、ファイルを差し出す。肩書はなにもないので、ひとまず「東京美術大学油画科在籍」と記しておいた。するとこのブランドが多少は効いたらしく、「あ、東京美大の方なんですね、じつは私も卒業生なんです。ファイルはお受け取りしますが、ご返送できなくてもいいですか」と女性スタッフは言った。

「もちろんです」

「でしたら、追って、オーナーと一緒に目を通して、なにかしらの感想を書面でお送りさせていただきますね」

「本当ですか！　ありがとうございます」

和美は勢いよく頭を下げる。

「よかったら、スペースの展示も見て行ってください。中国人のアーティストの個展をやっているので、これもどうぞ」

女性スタッフはにこりと笑みを浮かべて、和美にプレスリリースを手渡した。

自分の後輩であると知って、多少贔屓してくれるかもしれない。重ねて礼を言って、「どこの学科だったんですか――」と訊ねようとすると、タイミング悪く入り口からにぎやかな一行が現れた。

女性スタッフの目に、もう和美の姿は入っておらず、「ハロー！　センキュー・フォー・カミーン」と、ワントーン高い声で答えている。やって来たのは、見るからに高価そうな服を着たアジア系の外国人で、和美は急に自分が空気になったように感じられた。

「失礼します」

呟きながら頭を下げたが、もう和美の存在を気にする者は一人もいない。奥のスペースに客を招き入れながら、女性スタッフがファイルを置いた箱を見ると、何冊もの同じようなファイルが重なっていた。

せっかく六本木まで出てきたので、和美は研究室で無料券を配っていた森美術館の展覧会に立ち寄ることにした。和美は美術館という場所に、高校までまったく興味がなかったけれど、今では訪れるのが日課になっている。人よりスキルがない分、知識で穴埋めするためだ。

「はぁあ」

各展示作品の前で立ち止まるものの、その内容はまったく頭に入ってこない。親切にしてもらった勢いで喜んでしまったけれど、ただファイルを受け取ってもらえただけじゃないか。仮に見てもらえたとしても、最終的にはゴミ箱行きに違いない。せっかく気合いを入れて持ち込んだのに、収穫があるどころか印刷するために払った高いお金が無駄になっただけだ。

才能があったら、今頃スターへの道を一直線に進んでいるのだろうか。他の凡人たちにはない、類まれなセンスを兼ね備えていれば。なんでこんな世界に来ちゃったのかな、と和美は悶々とする。

和美にとって美術との出会いは比較的遅く、高校三年生の夏だった。

生まれ育った街では、その数年前に大きな災害が起こっていた。幸い、和美の実家に深刻な被害はなかったが、父は転職を余儀なくされ、理不尽だと声をあげてもどうしようもない問題もあるのだ、と和美は生まれてはじめて思い知らされていた。

そんなとき、美術部だった友だちに誘われ、現代アートの展覧会を訪れた。それまでは美術なんて、教養のある人たちのためだけの崇高な異世界だと思っていたが、じつはなんでもありのワンダーランドだと知った。

美術の世界では、自分に黄色く見えるなら、空もイチゴも黄色くていい。むしろ他人がしていないことをする方が、より高い評価につながる。その受け皿の広さ、寛容さに、和美は雷に打たれたような運命を感じた。

この世の中、言われたことを守っても、なんの保証もない。自分で自分の道を決めていくしかないのだ。美術を学びたいという衝動は、好きなことをして生きていきたいと災害以来考えていた和美の心にぴたりとはまった。

でも物事はそう簡単には進まなかった。

毎年桜の季節になると、和美は五度もくり返した悪夢のせいで胸がざわつく。

——和美って、絵なんか好きだったっけ？

地元の友だちからは、何度もそう言われた。

たしかに家族は美術館なんてほとんど行かないし、絵心とは無縁の育て方をされてきた。周りを見ると、現役や一浪で受かったのは昔から絵を描いてきた子たちばかりだった。こんな自分が美術をやるのって、おかしいことなのかな。

がむしゃらな浪人生活のなかで、いわゆる絵画技法を学びながらも、和美はいかに人と違うことをするかを真面目に考え、まずビジュアルを個性的にして意思表明をした。派手な色のショートヘアも、変わったデザインのメガネも、濃いめの化粧も、サイケな柄の服も全部戦略だった。

でも父が倒れたという知らせは、和美の心に波紋を生んだ。生きていくにはお金が要る。現実的に考えて、自分が美術をつづけるためには、上辺だけじゃなくもっと根本にあるなにかを変えないといけないんじゃないか。

だから、ふたたび絵画に向き合うことにした。

金銭的な結果につながりにくいインスタレーションや映像作品ではなく、売りやすい絵を改めて学ぶことで、両親に恩返しできる最短ルートを見つけたい。

そう考えてこの一ヶ月、あちこちの画廊に持ち込みをつづけた。

唯一の収穫は、画廊から声がかかる人なんてほんの一握りしかいないとよく分かったことだ。

今の時代、ＳＮＳを使えば誰でも手軽にクリエイターになれて、ユーチューバーなどそれだけで食べている人もいるのに、自分はこのままお金にならない絵をこつこつと描いていくしかないのだろうか。


翌朝、和美は大学生協にて、足りなくなった数千円もする画材と、その十分の一もしない値段の菓子パンのうち十円安い方を買って、食堂の前にあるベンチに腰を下ろした。少しすると、詩乃がスタバのカップを持って颯爽と現れた。

詩乃はこちらに気がつくと、笑顔で近づいてくる。自分よりもはるかに高い絵のスキルを持っている詩乃に、和美は一年生の頃から相談を持ちかけることが多かった。それが詩乃の自尊心をくすぐるのか、よく一緒に行動している。

「今日、どんな課題が出ると思う？」

「もう課題地獄は勘弁だよね」

彼女としゃべりながらスマホの画面を確認していると、他科の学生によるツイートが目に留まる。

【昨日、大学近くで教授Mを目撃。交差点でクラクションの音がして、見るとでっかいベンツの運転席にMがいた。前のトラックの運ちゃんがスマホを見ていて、青信号に気づくのが遅れたみたい。でもそこまで鳴らさなくていいでしょ。】

「ウケる！　これ絶対、森本先生のことだよね」

和美は吹き出し、詩乃にスマホを手渡したあと、「そういえば、私も似たようなところ、目撃したことがあってさ、大学近くのカフェに入ったら、先生が子どもにキレてたんだよね」と言う。

「なんで？」と詩乃は眉をひそめる。

「正確に言ったら、子どもというよりも母親に怒鳴ってたんだけど、どういう教育してるんだみたいな感じで。たぶん状況からして、子どもが騒いで先生のズボンに食べ物をぶつけちゃったみたい」

「待ってよ、子どもだったらなんでも許されるっていうのも、おかしな話でしょ」

詩乃は口角を上げつつ、目では笑っていなかった。

「そ、そう？」

「ていうか、私が先生を目撃したときは、ちょっと違ったよ。駅前の公園で、いつもベンチを置いて写生してるシニアの人たちっているじゃない？　その人たちと笑顔でおしやべりしてたんだよね」

「……それ、逆に怖くない?」

「怖くないよ。絵のことでも語り合ってたんじゃない」

詩乃はそう言うと、コーチのトートバッグを持ち直し、さっさと絵画棟の方に向かって行ってしまう。

その背中を追いかけながら、やっぱり森本を信頼しているんだなと和美は思った。

それに今日の詩乃はなにかあったのか、機嫌が悪いようだ。

和美はもうひとつ、森本に関するツイートを見つけていたが、あえて詩乃には報告しないでおいた。

【Mゼミ放火事件の犯人は今、精神科病院にいるらしい。】

そのツイートには、誰が流出させたのか、その学生が最後に描いたという絵の画像が上げられていた。画像をタップして拡大してから、その絵に漂うおそろしさに、和美は「やばいじゃん」と呟いてしまった。

怖い絵を描く学生はたくさんいるけれど、この学生は不吉なモチーフを選んでいるわけではなく、あるのはただの抽象画だ。しかし色のせいかタッチのせいか判然としないが、矩形(くけい)の隅々まで逃げ場のない絶望が塗り込められている。

森本ゼミって、こんなになっちゃう人もいるの？

背筋が冷たくなった。

「今日から『第二ターム』に突入する」

その日アトリエに現れた森本は、「三日間断食をしたあとに一枚の絵を仕上げること。ただし、水は飲んでいい。あと、多少の塩も許可する」という課題を発表した。動揺しているゼミ生たちに、森本は淡々と付け加える。

「人には周囲に同化したい本能的欲求があるが、絵を描く者は自分を信じなければならない。嘲笑されたり、うしろ指をさされても、強く生きないといけないんだ。とくに社会に出てしまえば、明日飯が食えるかも分からない。空腹で力が出なくなっても、絵を描きつづけたいという、強い欲望が持てるかどうか。それがクリアできれば、つぎは食べ物を盗むやり方を教えてやる」

他のゼミ生たちは顔をこわばらせているが、和美は足元に転がっている菓子パンの空き袋を眺めながら、ひそかに武者震いした。

決して実家が裕福ではなく、卒業したら経済活動をしなくちゃいけないという危機感を抱いている自分にとって、「明日飯が食えるかも分からない」というのは切実な問題に思えたからだ。

断食一日目、和美の脳はやけに覚醒して、図書館で借りたさまざまな「断食」に関する資料を遅くまで読み漁(あさ)った。

イスラム教におけるラマダンは自身の信仰心を清めるという目的があること、仏教における即身仏は地下数メートルに掘られた穴でひたすら読経して成仏を目指したこと。和美はそうした資料を手がかりに、作品の構想を練りながら、今回の課題は森本が課した踏み絵だと感じた。

しかし二日目になると、急に身体の力が入らなくなり、作品のことを考える余裕はなくなった。代わりにツイッターでくだらない情報ばかり流し読みしていると、気づいたら日が暮れていた。

――描きはじめるのは、三日間の断食を終えてからだ。

森本の言葉を忠実に守り、和美は我慢した。

三日目はもはや、スマホの画面を眺める気力さえ残っていなかった。

ようやく訪れた四日目の明け方、眠りの浅瀬で和美はある夢を見た。

それは痩せた犬の夢だった。

あばら骨が浮き上がり、足は棒のように細く、毛並みの乱れた汚い犬は、今にも崩れ落ちそうになりながら、よたよたと強い日の射す荒野を進んでいく。その目は妖しげに光り、ぼろぼろになった牙が口からこぼれる。

和美はその犬に向かって、なぜかスマホを向けていた。しかし痩せた犬をスマホで撮っている自分は、犬に対して底なしに無関心だった。その夢の情景は目を覚ましてからも、強烈に脳裏に焼きついていた。

やっと部屋が明るくなってから、和美は起き上がった。

真っ白なキャンバスの前に腰を下ろし、力の入らない手で筆をとる。それまで考えていたプランのメモはどれもゴミのように感じられた。気がつくと、夢のなかで見た犬と、それをスマホで撮る自分を描いていた。

自分の意思というより、外部からの啓示であり、憑依に近かった。

断食による渇望から湧いてきたその犬のイメージを、和美は一枚の絵にぶつけた。

頭のなかに、過去のさまざまな美術作品に登場する「犬」が浮かんでは消えた。九相図の噉相、ジャコメッティの《犬》、森山大道の『犬の記憶』。そして美術だけではなく、新聞記事やＳＮＳの写真など、今まで見たありとあらゆる「犬」が頭を駆けめぐった。

説明不能な衝動に突き動かされて描くのは生まれてはじめてのことだったが、あまりの空腹のせいか、まるで躊躇はなかった。

痩せ細りうなだれつつも、路上を彷徨いつづける犬。それをスマホで撮りながら、嘲り笑い、同情を寄せ、糾弾する自分。しかし自分にとって、犬の飢えや苦しみ、まもなく訪れる死は、いくら撮影したところで他人事だ。

描きながら、和美はふと気がついた。

この犬は、被災した直後に好奇の目を向けられた自分みたいだ、と。

いわゆる「被災者」であることを、和美は人に言わないようにしていた。ましてや被災したときの体験を作品にしたことは一度もない。安易だからとか、整理がつかないからという理由ではなく、作品にしたとたん自分も好奇の目を向けられる側、スマホで撮られる側になってしまう気がして悔しかったからだ。

そもそもスマホで撮るってなんなのか。

それが和美には分からず、一年生のときにはスマホで映像作品ばかりつくっていた。

でも描き終えたとき、個性を出すためにわざと奇抜なファッションに身を包んでいた自分とも、理論武装してばかりいた自分とも、まったく違う自分と出会えた気がした。

それは長いあいだ和美の奥底に眠っていた自分だった。

＊

「断食」課題の講評会で、太郎が真っ先に目を見張ったのは和美の作品だった。いつもの理屈っぽさは消え、野性的な画風である。砂漠に佇んでいる一匹の黒い痩せた犬を、人間がスマホで撮影している。

シュルレアリスム的だが、その犬はただの野良犬ではなく、トイプードルらしき犬種であり、その犬をスマホで撮影する人間は、犬以上に狂気的に描かれている。また和美はたいてい講評会で一番長く説明しているのに、今回は口数も少なかった。

「いいんじゃないか」と森本も肯く。「社会や保護されているものから切り離され、孤独のなかで野性的にならなければ、人は本当の意味で自分を見つめ直すことはできない。この絵はそれを雄弁に語っている。どうだ、自分なりの答えを導き出せたんじゃないか？　今回の一位だ」

和美は「ひゃっほーい！」と飛び上がり、ガッツポーズをした。「いやー、ほんと、断食はきつかったけど、頑張ってよかったです」

となりにいた詩乃も、和美のことはライバルというより同志として見ているらしく、小さく拍手を送っていた。

その一方で、太郎は「断食」の課題をうまく消化できなかった。断食をはじめた初日から身体に力が入らず、そこまでして絵を描きたいという意欲が失せたのだ。詩乃も同じらしく、二人ともぱっとしない結果だった。

しかしもっとも酷評されたのは第一タームに引きつづき、望音である。

「君にはやる気がないのか？」

たしかに太郎の目にも、望音の絵はいつもと違ってうつった。

暗闇に包まれた窓の外を描いたその絵には、持ち前のにぎやかな色のハーモニーが消え失せて、今回は黒、灰、白に制限されている。しかも画面の中央の半分以上が、雑な筆致で漆黒に塗りつぶされていた。

「作品の質も最低だが、断食をしなかったのはお前だけだ」

まさかと思って望音を見ると、図星だったのか顔を赤くしている。

「なぜ、断食をしなかった」

「……答えたくありません」

望音は小さな声で、しかしきっぱりと言った。

「いい加減にしろ！　このくらいの課題も耐えられないなんて、お前みたいに根性のないやつがゼミにいることが不愉快だ」

望音はじっと耐えるように、小柄な体をさらに縮こめている。

森本は矢継ぎ早に言う。

「お前らに言っておくが、人の意見を聞かないようでは、絶対に一位にはなれない。絵描きとして成長したいなら、なにがあっても嘘をつくな！　そして二度と私に嘘が通用すると思うな！」

太郎は改めて、望音の絵を眺める。

森本はこの絵から断食しなかったことを見抜き、望音にやる気がないと判断したようだが、太郎は逆だった。

なにか事情があって、望音は断食をしなかったんじゃないか？

いや、断食したくてもできないような理由が？

色彩が爆発したような望音のいつもの絵にも、生きること、死ぬこと、そういったことを考えさせる強さがあったが、この絵のなかではそれが深まっている。不可解なその絵には、彼女がまだ誰にも打ち明けていない葛藤が潜んでいるように太郎には思えた。

講評会が終わったあと、大学生協に飲み物を買いに行こうとした太郎は、自転車置き場のベンチにいる望音を見つけた。うずくまるように座っているので、体調でも悪いのかと心配になって声をかける。

「汐田さん、大丈夫？」

望音ははっと顔を上げて、膝のうえにあったポーチを隠した。

一瞬、ポーチの開いた口から薬の包装シートが覗いた。そういえば以前にも、アトリエで詩乃が体調のことを聞いたら、すごく反応したことがあったのを思い出す。

「となり、座ってもいいかな」

太郎が訊ねると、望音はちょっと面食らったような顔をしつつ、無言で肯く。

しばらく気まずい沈黙が流れたが、ふと望音のスマホの画面が目に入る。太郎もよく見慣れたアプリのデザインが表示されていた。

「もしかして、汐田さんってラジオリスナー？」

「へっ、そうですけど」

「マジで！　俺もなんだよね。どんな番組聴くの」

「えっと、主にはTBSラジオですかね……あとはオールナイトニッポンとか、気分によっては、地元の放送局もよく聴きます」

「気が合うね、俺もAMラジオすごい好きでさ、よくメールも送ってるんだよね。『上野のドブネズミ』っていうふざけたラジオネームで」

「でぇれぇすげぇ！」

望音はとつぜん方言になり、飛び上がって、目をまん丸に見開いた。物静かな望音とは別人のように大きな声だったので、太郎まで驚かされる。

「うち『上野のドブネズミ』さんのファンじゃから、ひゃー、うっそじゃろ！　まさか本人に会えるなんて、ていうか、こんなに近くにおったなんて信じられん」

そう言って、望音は無邪気に握手を求めてくる。

「いやいや、こっちこそ、俺のラジオネームを知ってる人とはじめて会って、信じられない気持ちだよ」

「そりゃー、知ってる人は知ってますよ。あの、ずっと訊きたかったんですけど、あいうのって、どうやって書いてるんですか」

「どうやってって、とくになにも考えてないけどね。ていうか、ほとんど読まれないし。でも読まれない方が、ごく稀に運よく読まれたとき、ものすごい嬉しくなるからさ」

「ほー、天才の名言じゃ」

きらきらしたまなざしを向けられ、太郎は照れ笑いを漏らす。

そうだ、と太郎はぽんと手のひらを叩いた。

「今夜友だちの展示でオープニングがあるんだけど、汐田さんも一緒に行かない？　工芸科の子たちのグループ展でさ。汐田さんって、自分が思ってる以上に有名人だから、来てくれたらみんなも喜ぶと思うんだ」

「なんで有名人？　ていうか、みんなって誰じゃ」

望音は目を白黒させる。

「そんな警戒しなくても」と太郎は吹き出す。「気のいいやつらばっかりだから、自分で訊いてみたら？　それに俺も、汐田さんと今までじっくり話したことなかったから話したいし」

望音は一年生のときの顔合わせに参加して以来、絵を描くことは孤独な闘いなのだから飲み会に行くくらいなら少しでも制作に時間を捧げたいと思っていた。でも「上野のドブネズミ」さんがこんなに身近にいたのだと知ってテンションが上がり、「じゃあ、行きます」と答えていた。

「これから行くのは、建築科の卒業生がデザインした複合施設なんだ。古民家を改装してギャラリーにしていて、学生でも安く展示ができるから、デザイン系の子が作品を売ったりもしてて」

ギャラリーまでの道のり、太郎はそう説明してくれた。

大学から徒歩十五分ほどの路地裏にある小さなギャラリーには、外の通りまで美大生が集まっていて、遠目から見ても「あれかな？」と分かった。太郎は通りで煙草を吸っていた男女三人組に気さくに声をかける。彼らは太郎に笑いかけたあと、こいつ誰、というような目で上から下まで品定めするように望音を見た。

「こちら、油画科の汐田望音ちゃん」

太郎が紹介すると、女の子の一人が声を大きくして言う。

「もしや、ＹＰＰ賞とった子？」

「え、マジで」

それまで望音のことを興味なさそうに見ていた他の子たちが目の色を変えて、「賞金百万なんでしょ、すげー」「審査員の先生、紹介してよ」「なんなら、今度一緒に展示してよ」とか口々に言い合う。望音はうまく反応できず、たじろいでしまう。紙風船のようにふわふわしたやりとりが、どうしても苦手なのだ。

でも太郎が代わりに「そういうお願いごとは高くつくよー。なんなら俺が仲介してやってもいいけど、手数料はきっちりとるから」とふざけた調子で言い、「ひどい商売だな」と笑いを誘った。

太郎に促されて建物に入ると、二階建ての古民家が半分ほど吹き抜けになっており、両階の展示スペースが一望できた。

「はー、おしゃれで素敵じゃなぁ」

「方言、また出たね」

はっと望音は口を手で覆う。

「どうかした？」

「お恥ずかしい」

「なんで？　むしろその方がいいよ」と言って笑い、太郎は先に進んでいく。「まずは作品見よっか」

展示スペースには工芸科の学生五人ほどの作品が、グループ展として並べられている。そのなかに、望音は見覚えのあるやきものを見つける。

大きさもデザインもさまざまな茶碗。共通しているのは碗形で高台がついているというくらいで、それ以外は分厚くひび割れた金や銀、色とりどりの粒や角といった多様な装飾が施されている。こういう風に、見ているだけで無性に創作意欲をくすぐられるのは、いい作品の証拠だと望音は思う。

じっと眺めていると、太郎が「知り合い？」と訊ねる。

望音は首を左右にふる。「知らん人ですけど、去年の学園祭でこの作品を見て、ええなって思って」

「本人のこと、知ってるから紹介しようか」

そう言って、太郎は迷うことなく会場の奥へと進んで、談笑していた女の子に声をかけた。ソバージュというのか、根本から毛先まで波打つような無造作なウェーブがかかった髪を顎まで伸ばしている。

「荒川さん、ちょっと俺の友だちを紹介してもいい？　俺と同じ森本ゼミで絵を描いている望音ちゃん」

「は、はじめまして」

「知ってる！　あなた、汐田望音さんでしょ」

面食らっている望音の手をとって、荒川さんは親しみやすい笑みを浮かべた。「話したことはなかったけど、私ひそかにあなたのファンだったの」

「へ？　なんでじゃ」

「なんでって、学園祭で毎年でっかい力作を展示してたじゃない」

「えええ」

「そんなに驚かなくても」

「すみません。でも嬉しいです、ありがとございます」

望音がぺこりと頭を下げると、荒川さんはなぜか大笑いした。

展示スペースでのパーティがお開きになると、参加者たちは近くの居酒屋に場所をうつした。最初は接しにくいと思っていた、おもてで煙草を吸っていた男女三人組も、太郎が話しやすい雰囲気をつくってくれたおかげで、望音はそれぞれの専攻や作品を詳しく聞くことができた。

「この子は鋳金オタクで、ものすごーく細い鋳型を高速回転させて、遠心力で隅々まで金属を流すっていう機械の研究してるの」と彫刻科の女の子が、工芸科の男の子の活動について説明する。

「鋳物はさ、写真のポジとネガみたいに、型を先につくって、そこに金属を流し込んでいくんだけど、隙間が細かいほどに技術が必要になるんだよね」

「オタクだよオタク」と言って男の子はからかわれているが、そのいじり方には尊敬がこもっているように感じられた。

「でもそう言うこいつも彫刻科で塑造（そぞう）を専攻してるんだけど、かなり変わり者なんだよ。解剖学が大好きな骨格マニアでさ、原始人とかの骨から筋肉を肉付けして、顔を復元するっていう作品をつくってるんだ。法医学の研究所からも協力してほしいって言われたりしてるんだぜ」

望音が「すげー」と目を丸くすると、彫刻科の女の子は「今度、個展する予定だから、巨匠も見に来てよ」と誘ってくれた。

「巨匠って、うちのことか？」

「だってあなたの名前、モネちゃんなんでしょ」

芸術と一口に言ってもその取り組みはさまざまで、絵を描くこととは全然違っていた。それでもみんなに共通するのは、好きなことを話すときは目を輝かせて夢中になるということだった。

気がつけば、望音の方も自分の考えや作品について話しはじめていた。作品を通して、同じ方向を見ながら関係を築いていける感じがして、居心地が良くなったのだ。飲み会なんて時間の無駄だと思い込んでいた自分の視野の狭さを、望音はひそかに反省する。

太郎が代表して会計をしてくれているタイミングで、荒川さんから囁(ささや)かれた。

「じつは今日、オープニングに来るつもりはなかったんだけど、太郎からあなたに会わせたいって、急に呼ばれたの」

そういえば、荒川さんが学園祭で配っていた展示のＤＭをアトリエに置きっぱなしにしていたのを、今になって望音は思い出す。

「彼なりに、望音ちゃんの力になりたいんだよ」

蓮の繁茂する池をぐるりと囲んだ遊歩道からは、遠くの方に高層ビルの光が見えた。東京に来て何年か経つけれど、望音はいまだにその人工的な光の数に圧倒される。ビニール傘をさして最寄り駅まで歩きながら、望音は言う。

「太郎さんは親切じゃね」

「そう?」

「うん、いろいろとありがと」

街灯に照らされて、ひょろりとした太郎とそれより頭ひとつ分低い自分のシルエットが、雨に濡れたアスファルトに落ちている。

「気が向いたら、油画科の飲み会にも来たら? みんな、望音ともっと話したいと思ってるだろうし、シャットアウトしてたらもったいないんじゃない。今日みたいに地元の言葉でしゃべってる望音って、敬語よりも望音らしくてよかったよ」

望音、と呼び捨てされたことに一瞬気がつかないくらい自然だった。

たしかに自分には「この人違う」と思ったら、すぐに心を閉ざしてしまうところがあった。そんな態度をとってばかりいたら、相手のことをじっくり知るチャンスはなくなるし、他の人にも気を遣わせるだけだろう。太郎の言う通り、ゼミのみんなにも積極的に話しかけてもいいかもしれない。

「そういえば、望音は卒業したあと、大学院に進むんだっけ？」

話題を変えるように、太郎は明るく訊ねた。

「……いや、今のところ、それは考えとらんくって」

じゃあどうするの、と太郎は意外そうな表情を浮かべたが、望音は口をつぐんだ。本当のことを打ち明けたら太郎はなんて答えるだろうと気になりつつ、望音自身もまだ決めかねている問題なのだ。でも少しだけなら、と望音は傘を握りしめる。

「この大学に来てから、なんのために絵を描いとるんか、分からんようになってしまうことがちょくちょくあって。うちは好きな絵を好きなように描きたいだけで、誰かに認められたいとか、プロになりたいとか、あんまり思わんのんじゃ」

太郎は目を丸くして、「すごいな」と言った。「みんな周りに認められようと必死で自分をアピールしてるのに、望音はまったく逆のことを思ってるんだな」

「いや、そんなええもんじゃ……えっと、太郎さんは？」

「就職するよ」

やっぱり、と望音は思った。

「あれ、気づいてた？」

「じつは、このあいだ自転車乗ってたら、リクルートスーツ姿の太郎さんを見かけたんじゃ。きっと就活してるんだろうなって思ったけど、うちには分からん事情がありそうだから、あえて声はかけなくて」

「なんか気を遣わせちゃったみたいで、ごめんね。ちょうど昨日の夕方、面接を受けてた会社から内定をもらったんだ。ダメ元だったから、まさか自分が受かるなんて全然思わなかったんだけど」

「よかったたね、すげえことじゃ！」

「ありがと」と太郎は望音の方言のアクセントを真似してほほ笑んだが、ふうとため息をつく。「内定のことなんだけど、まだゼミのみんなにも森本先生にも言ってないから、もう少し秘密にしておいてくれないかな」

「もしかして、迷っとるん？」

「いや、就職できることは嬉しいよ。ただ、実感がないっていうか。それに……」

太郎はうつむき、もの思いに沈んだ表情で口をつぐんだ。

「それに？」と望音は小さな声で促す。

「俺の両親って、やきものの絵付職人なんだけど、昔気質(かたぎ)で厳しくてさ。長男だからあとを継ぐのが当たり前っていう考えで、美大に行くのも反対されてたんだ。だから就職のことも、反対される気がしてて。なにより森本先生に打ち明けるのも、けっこう気が重いよね。あの人、人が触れられたくないところを容赦なく突いてくるでしょ」

思い返せば、太郎は一年生の頃から望音にだけでなくみんなに親切だった。たとえば講評会で酷評された子には、終わったあと必ず前向きな言葉をかけ、そのおかげでクラス全体の雰囲気もよくなった。そんな太郎の立場になって、望音はなんと声をかけるべきかと一生懸命考える。

「とにかく、そう言ってもしゃあないしさ」と望音はぎこちなく肩を叩いて励ます。

「就職のことも、太郎さんがどうしたいかが大事なんじゃねぇの？」

「自分がどうしたいか……そうだね」

太郎は肯きつつ、目を合わさず何度目か分からないため息をついた。望音は歩きながらつぎの言葉を考えたが、うまく見つからず悔しくなる。

「じゃ、また明日」

「あ、ちょっと待って」

ふと思いついて、望音は作業着のポケットのなかを探った。アパートの鍵、紙きれ、イヤホン、石膏像のフィギュア、ポケットにはいろんなものが入っている。

「太郎さん、これ」

望音が手を差し出すと、太郎は「ん？」と受け取る。「絵具？」

「お守りじゃ。うちはいつも悩んだり、落ち込んだりしそうになったとき、これを触って、余計なことを考えんようにしとる」

「ありがとう」と太郎はやっと笑った。

「また明日、『上野のドブネズミ』さん」

「ははは、じゃあね」

梅雨真っただ中の、仕事帰りの疲れと汗の臭いの混じる大通りの人混みに、そのうしろ姿が消えていくのを望音は祈るように見送った。

7

梅雨が明け、夏休みも目前に迫ってきた。

詩乃は絵を描くために目覚め、絵のことばかりを考えながら眠る日々をめまぐるしく送っていた。しかし他のゼミ生たちは卒業制作に取り組んでいるのに、森本ゼミではその話題さえ出ていない。

アトリエに森本の助手である高橋が現れたのは、久しぶりに晴れた日だった。

通常、助手は講評会に立ち会ったり、森本の代わりに連絡事項を伝えに来たりする役割だ。しかしこの日の高橋はどこかかしこまり、アトリエに四人が揃っているのを見ると、わざわざドアを閉めた。

「じつはさ、みんなに言っておきたいことがあって……このアトリエで五年前にボヤがあったっていう噂が近ごろ出回ってるらしいけど、憶測で話をするのは良くないし、森本先生も気にかけてるみたいだから、あんまり口に出さないでくれないかな」

思いがけない注意に、詩乃は和美と顔を見合わせる。望音だけはさっぱり事情が分からないし興味もないという様子で、作業を再開させた。

「気にかけてるって、どういうことですか」と和美は訊ねる。

「噂が独り歩きして、妙な不安を煽ったりするのを心配なさってるんだよ。事故が起こっただけで、真相とかないから」

「ていうか、私訊きたかったんですけど、火事を起こした犯人、今精神科病院にいるってどういうことですか」

「なにそれ和美、ほんとなの？」と詩乃は耳を疑う。

「ツイッターでもかなり拡散されてるよ」と和美は肯き、高橋の方に向き直って「森本先生はそのことをどう思ってらっしゃるんですか」と訊ねる。

高橋は腕組みをすると鼻で嗤い、早口に言う。

「考えすぎだから。みんなだって、森本ゼミに来たらアーティストになれると思って、集まったんでしょ？　森本先生の言うことを聞いてれば、ちゃんとモノになる。逆に、その犯人が誰かは分かんないけど、うまくいかなかったやつらは、自分の責任なんだよ。他にアーティストとして羽ばたいていった人がたくさんいるんだから」

「それは分かりますけど、私たちが知りたいのは、森本先生がその先輩になにをしたかってことなんです」

「なにって……毎年変わらないよ。みんなもそのうち分かるって。じゃあ、もうこの話は終わりね」

一方的に話を終わらせると、高橋はアトリエから出て行った。


十分ほどすると森本が現れ、いつもの調子で課題を説明しはじめた。

「この課題で『第二ターム』は終わり、夏休みから『第三ターム』に入る。今回の課題は今までで一番重要だといっても過言ではない。テーマは『引用』だ」

森本はよく似た作品の画像二枚をホワイトボードに掲示した。

「現代ほど画像が拡散され、簡単にパクれて、そのパクリを検索して暴露できるようになった時代はない。これはネットに上がっている盗用疑惑のある作品とその元ネタだ。モチーフの輪郭はそのままで、色だけを変えている『パクリ』の典型的な例だ。構図やニュアンスといった自分で決めないといけない最低限の要素を、アレンジも加えずに流用している」

ただし、と森本は語気を強める。

「『パクられた』と訴えているこの元ネタだって、必ずなにかを参考にしているに違いない。要するに、完全にオリジナルな作品なんてこの世には存在しない。美術は過去に学び、過去を更新して未来をつくる行為だから、むしろ引用して当たり前だ。もっと言えば、優れた作品ほど過去から学んでいる。それらと『パクリ』の決定的な違いは、自分のなかのフィルターを通したかどうかだ。そのフィルターは、そいつに主張やスタイルがあってはじめて機能する。つまり『自分の絵』を描けるかどうかにかかっていると言える」

そうして、アーティストや作品を「引用」するという課題が言い渡された。

「あーあ、卒業制作はまだまだ先か」

森本がいなくなったあと、和美がぐったりと膝に頬杖をついて言う。たしかに他のクラスメイトたちは卒業制作に必死になっているが、森本ゼミでは卒制のプラン提出はおろか、話題にさえのぼらない。

「その前に、ボヤのこと説明しろよな」

珍しく道具やキャンバスを雑に片付けながら、太郎が呟いた。

駅前のパブで話した夜も、太郎からあんなに適当な態度をとられるのは、詩乃にとってはじめてだった。

「太郎」と詩乃は二人きりになったタイミングで、気分を変えるように明るく声をかける。「あのさ、『北斎』展の招待券もらったんだけど、一緒に行かない？　印象派とか他の浮世絵師のもあって、けっこう豪華なラインナップみたいで」

「ごめん、制作のこと考えたいから、今日はやめとくわ」

そうなんだ、と詩乃も表面的には明るく答える。

あの夜誘ったとき、詩乃は太郎ともとの関係に戻りたいと本当は伝えるつもりだった。付き合わなくても、前のように普通に作品について語り合ったりしたい、と。でも逆に避けられていることが分かり修復不可能なのだと思い知る。

「和美、この招待券いる？」

アトリエに戻ってきた和美に手渡すと、「ラッキー！　行こうと思ってたんだよね」と喜んでいた。


大学図書館で資料を探したものの、結局描くものが定まらないまま、詩乃は帰宅することにした。

大学図書館には、大型の美術全集、国内外の展覧会カタログ、美術雑誌、評論や批評の他に、巨匠別の伝記や研究書など、ジャンルは絵画だけでなく工芸や建築デザインまで、あらゆるアート情報が揃っているが、あまりに選択肢が多くて書架を往復するだけで疲れてしまったからだ。

それに、気にしても仕方ないとは分かっていても、太郎のことをつい考えてしまう。

混雑した電車に揺られ、家の最寄り駅だというアナウンスでわれに返った。

「ただいまー」

誰もいないらしい。一冊の画集が食卓に置いてあった。

『レオナルド・ダ・ヴィンチ』

詩乃の脳裏に、ある名画が浮かんできた。ダ・ヴィンチが制作に関わったとされる、ヴェロッキオの《キリストの洗礼》である。

その絵画は、作者であるヴェロッキオ以外に、少なくとも三人の弟子の手によって仕上げられたと伝えられる。そのうちの一人は、「万能の天才」レオナルド・ダ・ヴィンチで、一人は《ヴィーナス誕生》で知られるボッティチェリだ。

――だから部分によって、その仕上がりが全然違うんだよ。

そう教えてくれたのは父である。

詩乃はその画集を手にとり、《キリストの洗礼》のページを開く。

はじめて《キリストの洗礼》を目にしたのは、父の制作部屋にあったこの画集である。

画面の中央に祈りを捧げる痩せ細ったキリストがいて、その右隣に立った男がキリストの頭部に水をかけている。反対の左隣では二人の天使がしゃがみ、洗礼の様子を見守るという構図だ。

「あら、早かったわね。もう帰ってたの」

玄関の方で音がして、買い物袋を提げた母が帰ってきた。となりには、一緒に買い物に行っていたらしい父の姿もある。父は詩乃が持っている画集を認めると、「ああ、その画集なら、美術団体から依頼されたセミナーで使おうと思ってるんだ。みんなで《キリストの洗礼》について意見交換するためにな」と言った。

「そうなんだ、ひょっとして、あの話するの」

「あの話って？」

「才能のある人と、才能のない人の話」

中学に上がった頃、父は《キリストの洗礼》に隠された背景を詩乃に語った。

――この絵にはいろんな逸話が残っているんだ。弟子のダ・ヴィンチが仕上げた部分を見た師匠のヴェロッキオが、自分が描いた部分とのあまりの出来の差にショックを受けて筆を折ってしまったとか、ね。

――「ヴェロッキオ作」って書かれてるのに、他の人も描いてるの？

――この頃は工房制が当たり前だからね。ヴェロッキオは実業家みたいなものだったんだ。だからこの絵に、明らかな実力の差があるのは言うまでもない。ダ・ヴィンチとボッティチェリという二人の天才の他に、この絵にはもう一人名前さえほぼ残っていない凡人の手が加わっているからね。

父はその「凡人」のことを心底、馬鹿にするように言った。

――お前になら分かるだろう？　とくにダ・ヴィンチが描いたこの天使の顔や背景は、突出して素晴らしいってことが。

――うん、分かる。

このとき嘘をついたのは、見分けられない自分を認めたくなかったからだった。後世に語り継がれる天才と、名前も残っていない凡人。その違いが分からなくて、父をがっかりさせたくなかった。

「まぁ、話の流れ次第だな」

父はそう言って、詩乃から目を逸らした。

あれ以来、娘が《キリストの洗礼》を目にするたび、一枚の絵のなかに才能のあるなし、出来の良し悪しが潜んでいて、のちの研究者によって揺るぎない線引きがなされているという事実を思い出しうしろめたさを抱くようになったことを、父は知る由もない。

大学一年のときには同級生たちとイタリア旅行に出かけ、わざわざウフィッツィ美術館まで足を延ばして《キリストの洗礼》の実物を見に行ったものの、半日かけて絵の前にかじりついても答えは出なかった。

才能のある者と、ない者の差はなにか。

考えるたび、詩乃はもやもやする。だから《キリストの洗礼》を引用した作品を描くことは、父についた嘘に向き合い、自分には才能がないかもしれないという不安を見つめ直す作業になる気がした。

「どうかした？」

われに返った詩乃は、眉をひそめてこちらを見ている母に、「ぼうっとしてた」と言って部屋に戻る。「引用」する題材が、やっと決まったと思いながら。

前期最後の講評会の朝、真っ青な空には雲ひとつなく、夏の日差しが容赦なく照りつけていた。まだ梅雨明けすら発表されていないのに、いったいどこまで暑くなるのだとうんざりしながら、詩乃は大学に向かった。食堂の前を通り過ぎようとしたとき、ガラス越しに談笑している太郎と望音の姿を見つけた。

あの二人って、あんなに仲が良かったっけ？　望音があんな風に笑っているのを見るのははじめてだった。立ち止まると、望音は思いがけず会釈をして手をふってきた。

なにそれ。

詩乃は気づかなかったふりをして目を逸らした。

アトリエには森本だけでなく、まるで監視でもするように高橋助手の姿もあり、ゼミ生四人はそれぞれの絵を並べた。

和美が提出したのは、クリスチャン・ボルタンスキーを引用した、黒いぼた山を中央に描いた絵だった。よく見ると、積み重なっているのは捨石ではなく、「ファストファッションの集積」なのだと和美は解説する。労働者の着ていた服、石炭をエネルギーにして生産された商品が、山のように捨てられているようにも見えた。

一方、望音の作品は一見しただけでは、なにを引用しているのか分からなかった。

「草間彌生（くさまやよい）さんの作品を引用しました。幼少期から幻覚に悩まされてきた草間さんの視点で、この絵を描いてみたんです」

たしかに望音らしい色彩豊かな世界のなかに、草間が幼少から幻覚として見えたという水玉模様や、枯れる直前に狂い咲きするような花が随所に見られる。あらゆるものに霊や命が宿るというアニミズム信仰や、女性としてのアイデンティティといった草間作品に通ずるテーマを汲み取って、自分なりの方法で表出させようとしたのだと望音はいつになく一生懸命に説明していた。

自作について分かりやすく伝えようとすることも、他人の言葉を借りてくることも、それまでの望音にはまったくなかったことである。

しかし詩乃がもっとも驚かされたのは、太郎の作品だった。

「尊敬するグラフィティ・ライターの作品を引用しました」

覚悟を決めたような顔で、太郎は言った。

文字とも図形ともとれる複雑に曲がりくねった意匠を、白と黒だけで表現しており、いつも力の抜けた感じなのに、別人のような迫力がある。

「なぜグラフィティなんだ」

しばらくその絵を眺めてから、森本は訊ねた。

「僕は高校のとき、グラフィティのクルーに参加していました」

思いもよらなかった事実に、詩乃は太郎の方を見る。

でもふり返れば、太郎のMacBookにはストリートっぽいステッカーが貼られ、座学用のルーズリーフにはグラフィティ風の落書きがかかれていた。そのとき詩乃はそういう趣味なのかという印象を持っただけで、それらが彼にとって特別なものだとは想像もしなかった。

「今もやってるのか」

「いえ」と太郎ははっきりと言い、深呼吸してつづける。「クルーに誘ってくれた先輩が、ビルの壁にかいている最中に亡くなったのをきっかけに足を洗いました。それ以来、グラフィティから意図的に離れようとしましたが、森本ゼミに入ってたくさん絵を描いて、自分の表現ってなにかって考えたとき、無意識にこういう意匠に辿り着くことがあって、もう隠したくないって思ったんです」

数年付き合っていたのに、そんな話は一度も聞かされたことがなかった。他のゼミ生も助手も太郎の知られざる過去に驚いている様子だが、森本だけは相変わらずつまらなそうな顔だった。

「じゃあ、どうして美大に来たんだ」

「……絵が好きだからです」

「絵とグラフィティ・アートは全然違うぞ？　グラフィティっていうのは街を汚すだけのクソみたいな暇つぶしだ。その壁を塗り直すのに費用がいくらかかるのかを考える想像力さえない頭の悪い連中が、俺はここまでかいたとか、ここは俺の縄張りだとか主張し合うだけの、くだらない遊びに過ぎない。たとえるなら、本能で道端に小便を引っかける犬と同じだ」

　太郎は納得がいかない様子で口を開いたが、反論する暇も与えず森本はつづける。

「警察から逃げて、その先輩が死んだっていう事実からも逃げて、親の金でのこのこ美大に入ったくせに、まだグラフィティにこだわってるなんて笑わせるな。結局、お前は逃げてばっかなんだよ。『かいては逃げる』っていうグラフィティをやっていたのも納得がいく」

「てめぇだって逃げてんじゃねぇか」

　太郎は低い声で呟いた。

「なんだって」

「このあいだ助手さんから言われましたけど、ボヤのこと、なんで口に出しちゃいけないんですか。自分こそ、なにかから逃げてんじゃないんですか」

　森本は一瞬固まったあと、その場にいた高橋の胸倉をつかんで「お前、なに勝手なこと言ってんだ！」と叱責した。

「すみません！」

　高橋は悲鳴のような声をあげると、太郎の方を睨んだ。

　森本はやがて高橋を解放すると、太郎にゆっくりと近づいた。

何秒か睨み合ってから、ため息をつく。

「お前な、正論を言ったつもりだろうが、お前が負け犬なのには違いないんだよ。ガキみたいに感情的になってピーピー騒ぐ前に、行動を起こして証明してみせたらどうだ。自分の絵はこれだって胸を張って見せてみろ。それができないなら、お前は毎日少しずつ諦めながら生きていくんだ。死ぬ前になって、ああ、自分の人生逃げてばっかりだったと後悔するだろうよ」

森本は冷徹に投げ捨てるように言い、太郎は黙ってうつむくだけだった。

「殴り合いになるかと思った」

作品を片付けながら、和美が天を仰いだ。

「私も。今まで学生が反論してくるなんてなかったから、森本先生も冷静さを失っちゃったのかもね」

「よっぽどボヤのこと触れられたくないのかな。太郎も禁句って言われたのに……」

アトリエからいなくなっていた太郎の姿が廊下に見えたとき、詩乃は避けられていることを忘れて「お昼、一緒にどう」と声をかけていた。

絵画棟から一歩出ただけで汗の噴き出す、耐えがたい暑さが全身に重くのしかかった。

風はぴたりと止んで地熱が停滞し、セミの声も弱々しい。夏休み前ですでに終了した授業も多く、お昼どきだが食堂は空いていた。二人とも日替わり定食をトレイにのせ、向かい合って窓際の席につくと、しばらく黙々と食べた。

「……びっくりしたよ。太郎があんな風に怒るの、はじめて見たから」

「そうかな」

気まずい沈黙。

「なんか、大丈夫？」

「大丈夫って、どうして」

「だって誰にも話してなかったなら、よっぽどじゃない」

定食は半分以上残っているが、太郎は箸を置いた。

「『大丈夫』って訊くの、やめてくれないかな。詩乃って、いつも他人を下に見ることで自分を保とうとするよね」

顔がかっと熱くなり、詩乃は「そんなつもりないし！　ていうか、太郎の方こそ、就活のこと私たちに黙ってたでしょ？」と、彼の口から聞き出そうと思っていたことを、つい自ら切り出してしまう。

「どうして詩乃が知ってるわけ」

「このあいだ、太郎のシェアハウスの子たちとばったり会って聞いたの。里見先輩からいろいろ応援してもらったんだってね？　向こうは当然、私も知ってると思って言ったみたいだから、知ってるふりしておいた。安心して、他のゼミ生には話してないから」

「別にいいよ。もう望音には話したから」

望音という呼び捨てが、詩乃には聞き捨てならなかった。

就職内定やグラフィティをしていた過去を知らなかったこと以上に、太郎と望音が接近していることが気に食わない。心のどこかで、太郎は望音みたいな天真爛漫な子に惹かれて当然だと分かっているからだ。他人からどう見られようと気にせず、なにも考えていないくせに、一番いいところを持っていくああいう子が、詩乃は大嫌いだった。

しかしそれを堂々と言えるはずもなく、詩乃は攻撃的な口調でこうつづける。

「このあいだも、どうして森本ゼミに入ったのか訊いたけど、今せっかく絵に向き合ってるのに就職しちゃっていいの？」

太郎は目を合わせずに答える。

「俺みたいな野心のないタイプは、頑張ったところで競うこと自体が苦しいんだよ。絵に本当に大事なのは努力でも技術でもない。俺には才能がないって認めることにしたんだ」

詩乃は胸が締めつけられ、なんとか反論しようと必死になる。

「苦しいのは私だって同じだよ。それでも折り合いをつけて、なんとか絵で食べていけるように、森本先生についていこうと覚悟を決めてる。なのに太郎はこの三年間ろくに絵も描かないで、せっかく森本ゼミに入ったのに結局は就活して、逃げてばっかりじゃん。逃げるつもりがないなら、もう一回グラフィティやれば？　亡くなった先輩の分までやればいいじゃん」

太郎はなにも言わず、ただ深く息を吐いたあと、立ち上がった。

「どこ行くの？」

太郎は黙って、食堂の出口に向かう。

そのときタイミング悪く、里見先輩が食堂に入ってきた。里見先輩は二人に明るく「お疲れ」と声をかけたが、太郎の様子がおかしいことに気づいたらしく、「どうしたの、なんかあったの」と訊ねる。

「いえ、なんでもないっす」

太郎は言い、食堂から出て行った。

里見先輩は呆気にとられた顔で、詩乃と太郎のうしろ姿を見比べる。

「大丈夫？」

「はい、ちょっと真剣な話、してただけです」

詩乃は口角を上げて、トレイを返却台に戻しに行く。

でも内心、激しく後悔していた。逃げてばっかりだなんて、どうして言っちゃったんだろう、早く謝らなくちゃ。そう思いつつアトリエに戻ったけれど、すでに太郎は帰ったあとらしかった。仕方なくラインで【ごめんね。】と送ったけれど、既読にもならなかった。

＊

太郎が大学を早めに出たのは、電車で二時間のところにある、郊外の実家に向かうためだった。詩乃と別れた直後、スマホに実家からの不在着信が五件も残されているのに気がついたのだ。折り返しかけると、

——東京の会社からさっき電話があったんだけど、あなた内定通知もらったって本当？

——うん……ごめん。

——どうして黙ってたの！

少しは喜んでもらえるかもという淡い期待を抱いていたが、母の反応は真逆だった。

なぜこのタイミングで、と太郎はため息をつく。

頭のなかがぐちゃぐちゃに混乱して、両親となにを話せばいいのか考えがまとまらないが、もう自分の気持ちを正直に打ち明けるしかないだろう。電車のなかで、望音からもらった絵具のお守りを握りしめた。

太郎の実家は一階が絵付をするための両親の事務所、二階が自宅になっている。絵付師といっても、筆で描くよりも転写紙を貼って量産しているので、小さな電気窯がある以外は、作業場は職人の工房にとても見えない。

両親は二階に揃っていて、顔を見るなり太郎は心臓が痛くなった。食卓をはさんで向き合う。

「ごめん、説明させて。この一年、俺なりにいろいろ考えたんだ――」

「言い訳はやめなさい。電話がかかってきたとき、企業の人に『人違いです』って答えちゃったのよ。赤っ恥かいたじゃない。それに美大に入ったのだって、うちを継ぐっていうお父さんとの約束が条件だったでしょ、今さら破る気なの？　少しは相談してくれればよかったのに」

「まぁまぁ」と、父が母を宥めるように遮り、冷たい目で太郎に訊ねる。「就職しても、いずれは辞めてうちを継ぐんだろ？」

「……どういうこと」

「いずれはうちを継ぐつもりで、修業に出るつもりで就活したんだったら、具体的にゴールは決めておいた方がいい。何年後にうちに戻ってくる？　修業なら三年もやれば十分だと思うぞ。あんまり長く勤めすぎると戻ってからが大変だからな」

大学に入れば約束は帳消しになる、成人すれば自分で将来を決められる、と甘く考えていた自分の愚かさを呪う。久しぶりに実家に足を踏み入れた瞬間、この家に漂う閉塞感はむしろ強くなっていると気づいた。

——太郎ってなんでそんなに親に遠慮してんの。

小さい頃から、周囲に何度も言われてきた。

「太郎、聞きなさい。あなたのために、どのくらいの犠牲を払ってきたと思ってるの。お父さんの期待を裏切るつもり？」

質問しているようで、太郎に答える隙を与えない言い方は昔となにも変わらない。

そうだ、森本のやり方が気に食わないのは、この人たちと重なるからなのだ。

「俺にだって、やりたいことがあるんだよ！」

太郎は反射的にそう声をあげていた。父は怪訝そうに太郎を見た。

「なんだ、やりたいことって」

　答えが出てこない。

　会社員。プロの絵描き。どちらも答えじゃない。相手や状況に合わせて、求められる仮面を付け替えしているだけ。本当にやりたいことってなんだ？　好きなことってなんだ？

「いいか、太郎」と言って、父は椅子から立ち上がり太郎のことを見下ろした。「将来のことで、いろいろ迷うのは分かる。でもお前はまだ子どもだ。俺たちは絶対に、お前の可能性を無駄にはさせない。仕事が欲しいんだったら、うちを継げばいいじゃないか。それとも、お前はうちを捨てるのか？」

　太郎は父から視線を外した。身体が自分のものじゃないみたいに萎縮して、指一本動かなくなる。視界にうつるもの、両親の顔やテーブルといった居間の風景が、ガラス一枚隔てたところにあるみたいだ。

「分かった」と太郎は呟いた。

　父は太郎を見据えたあと、「分かったんなら、もういいさ」とため息をつき、太郎の肩をぽんと叩いた。

太郎は家を出て、シェアハウスに戻るためＪＲの駅に向かった。久しぶりに歩く駅前は、記憶よりもシャッターが目立つが、通り過ぎた電信柱のうちの一本に、イノさんの落書きがうすく残っているのを見つけた。

あの頃、息苦しい日常から抜け出せる秘密結社に入ったみたいに感じていた。そこに行けば現実の悩みを忘れて、自分をとりつくろわずにいられた。

――太郎も来る？

だからイノさんから誘われたとき、太郎は迷わず肯いた。

――警察が来たら、すぐに逃げてね。仲間が捕まったとしても、絶対にふり返っちゃだめだから。

そうして太郎は、スプレーで汚れたボロい脚立をかつぎ、元病院だという廃墟にバイクで連れて行かれた。イノさんはその壁に、見たこともないくらい壮大なマスターピースをたったの一晩で仕上げてみせた。

動きはとにかく素早くて、あらかじめ決められていたかのように無駄がなかった。イノさんの身体の揺れに合わせて、壁に色がじわりと広がる。手首をやわらかく返すたび、からからと軽快なスプレー缶の音が鳴る。イノさんは腰をかがめ、背伸びをしては、ほとんど下を見ないで、また別の色のスプレーを手にとった。

仕上がったマスターピースの出来栄えはもちろん、一瞬も休むことなくくり広げられる即興のパフォーマンスに、太郎は魅了された。

こういう人って本当にいるんだ。

疑いもなくそう思った。それ以来、落書きに適したスポットを熟知したイノさんに、太郎は親の目を盗んでは同行するようになった。

三年生になった夏、最高の場所を見つけたというイノさんから、見張り役をお願いされた。下見に行くと、高速道路に隣接する五階建てのビルの屋上で、完成させられるとインパクトは相当にありそうだが、足場は狭くて不安定だった。

その頃、行政がグラフィティの取り締まりを強化して、クルーの大多数が市の用意した落書き可の壁にかくなど、合法的な活動しかしなくなっていた。しかしイノさんだけは、むしろそれに反発するように、「イリーガルじゃないと意味がない、そうじゃないとアートじゃない」とこだわり、逆に危険な場所にばかり挑戦するようになっていた。

はじめは太郎も心配だったが、結局それをやり遂げてしまうのがイノさんなので、強く反対はしなかった。でもあのとき自分がちゃんとイノさんを説得していれば、と太郎は何度も激しく後悔することになる。

——高いところは見つかりやすいから、見張りよろしくね。

暗闇のなかで見上げると、かすかに街灯に照らされたイノさんの影が、ぼんやりと動いていた。太郎は煙草を吸いながら、しばらくその姿を見守った。とつぜん声をかけられたのは、一時間も経たないときだった。

——君、高校生でしょ？

警察だった。太郎の視線を追って、懐中電灯の光が当てられた。

——そんなところで、なにしてるんだ！

見張り役をしろと言われたのに、ぼんやりしていた自分を恨んだ。イノさんは太郎に向かって、逃げろ、と叫んだ。太郎は全速力で駆け出した。遠くの方でサイレンが聞こえたけれど、息が切れるまで走りつづけた。

イノさんがその直後、足を踏み外して転落したことを、太郎はクルーの仲間から聞かされるまで知らなかった。即死だったらしい。

——じつはイノさん、最近クルーのやべぇ人たちと揉めてたらしくて、そいつらがわざと警察呼んだらしいんだ。だからほんと、お前のせいじゃないよ。

そう言われたけれど、心には届かなかった。

どうして自分だけ、逃げてしまったんだろう。

イノさんは命を落としてまで、なにを摑みたかったんだろう。

グラフィティの世界も急に色褪せ、クルーの仲間とも会わなくなった。何十年も前にニューヨークにいたキッズと違って、日本で小遣いをもらっている半人前の子どもが社会に反抗して落書きをすること自体がリアルではないと目が醒めたからだ。むしろその生ぬるさが嫌になったのだ。

それでも太郎が美大受験をしたのは、イノさんの助言があったからだ。

――太郎のピースって、才能あると思うよ。美大にでも行って、ちゃんと勉強すれば？

――才能っすか。

――うん、太郎にしか生み出せないものがあるんじゃない？　だから、いつまでもこっち側にいちゃだめだよ。

太郎は予備校に通い、一浪ののち運よく東京美大に合格した。でも自分だけが日常に戻って、美大に通っていてもいいのかという罪悪感と、このまま親の反対を押し切れるのかという不安はずっと心の底にあった。

イノさんが転落したビルは、まだ取り壊されずに残っていた。周囲は駐車場になり、余計に目立っている。あのときイノさんは、ほとんどデザインを完成させられずに警察に見つかってしまった。

太郎は駅前で買ってきた花束を供える。事件後しばらくは一階の角に花束やメッセージカードが絶えず添えられていたが、久しぶりに訪れるとなにもなかった。壁には「落書きはやめてください。防犯カメラにうつっています」という文言の張り紙がある。

でも太郎は意に介さなかった。鞄のなかの絵具のチューブとスプレー缶の冷たさを確かめながら、非常階段をのぼっていく。五階の壁沿いにある狭い足場に立つと、地上ははるか下の方にあった。この光景を見てイノさんはなにを思ったのだろう。

――行動を起こして証明してみせたらどうだ。

太郎は手のなかの絵具で、勢いよく線を引っ張った。

8

ヴ、という音がした。わずかに開いたカーテンから漏れる光はまだ青白く、癖のように枕元に手が伸びる。時間を確かめようとしただけなのに、待ち受け画面にうつし出されたプレビューを見て、一気に目が覚めた。

【太郎のこと、知ってる？】

ページをひらくと、和美から立てつづけに数件のメッセージが届いた。詩乃はメッセージのひとつに貼られたリンクをタップする。【男子大学生、落書きで逮捕】という見出しのネットニュースの記事が表示された。

【××県××市で私有地のビルの壁に落書きをしたとして、15日午後11時10分ごろ、大学生（23）が軽犯罪法違反で逮捕され、容疑を認めている。目撃した通行人の男性が110番通報。駆けつけた署員が同容疑で現行犯逮捕した。】

詩乃はカーテンも開けずに、その記事を数回読み直す。

【これ、太郎なの？】

一週間ほど太郎はアトリエに現れず、連絡もつかないまま夏休みが近づいていた。

こんなことになっていたとは。

和美から返事があるまで、詩乃は関連記事をいくつかひらいた。ほとんどがコピペや要約だったが、そのうちのひとつに太郎のフルネームが公表されている記事があって、目の前が真っ暗になった。

【やばいよ、こんなのもあった。】

和美から送られてきた動画には、どこから流出したのか、逮捕直前の防犯カメラの映像がアップされていた。少しすると、太郎が東京美大生だということに焦点を当てて、面白おかしく個人情報を書き連ねているサイトも見つかる。

【この東京美大の小野山太郎ってやつ、アートって言えば、なんでも許されると思ってんの？】【人様に迷惑をかけてこれで芸術って、お前何様？】【マジであり得ないから、拡散希望！】【こいつ人前に出てきてちゃんと説明しねぇと許さん。そんな度胸ねぇだ

ろうけど。】

すでにツイッターでは、太郎に対して罵詈雑言が浴びせられていた。

彼らがどうしてそこまで怒っているのか、詩乃にはまったく理解できない。ひょっとすると大学も処分を下すのだろうか。就職が決まったばかりなのに。どこまで拡散され、太郎の将来にどんな影響を与えるのか想像もつかない。というより、怖くて想像したくもなかった。

夏休みを目前にして起こった事件は、油画科の学生たちを激しく動揺させた。とくにゼミ内でも太郎を介して少しずつ心をひらきはじめていた望音は、動揺のあまり制作に手がつかない様子だった。

居ても立ってもいられなくなった森本ゼミの三人は、事件現場に行けば太郎の気持ちが分かるかもしれないと話し合った。

さして特徴のない地方の駅前からうだるような暑さのなか十分ほど歩くと、太郎が落書きをしたビルに到着した。高速道路の高架付近にあり、隣接する駐車場には無断駐車禁止を訴える看板がでかでかと掲げられていた。

人気(ひとけ)のないビルの脇に、干からびた花束がぽつんと置かれている。

「よく、あんな高いところに……」

和美が手でひさしをつくりながら言う。

五階部分の大きな壁面は部分的に新しく塗り直されていたが、注意深く見ると、うっすらとその下に線が残っている。防犯カメラの映像内では、太郎が講評会で提出した絵によく似たデザインと何人かの若者たちの顔がかかれていた。

「太郎、自分から逮捕されたのかな、ひょっとして」と和美は汗を拭いながら呟く。

「まさか！」

「あり得るでしょ。だって講評会で、森本先生からお前は逃げてばかりだって罵倒された直後だったんだよ」

それは違うでしょ、と詩乃は反論する。

「森本先生ははっきりとそう指示したわけじゃなかったじゃん。仮にそう言われても、実際に行動にうつしたのは太郎だし、森本先生は才能のない子でも真剣にアーティストにしようとしてくれるいい先生だよ」

「なにをゆうとんじゃ！」とそれまでずっと無言だった望音が憤ったように遮る。「うちには太郎さんを煽ったように聞こえました。今回のことだけじゃのうて、お前にはガッツがないとか、闘争心がないとか、ずっとあんな言い方されてたら、誰だって追い詰められるわぁ」

自分のことのように怒っている望音を、和美は「まぁまぁ」と宥める。

「たしかに詩乃の言うことも一理あるよ。太郎もう子どもじゃないし、自分の行動に責任を持たないといけない。落書きが逮捕される危険ととなり合わせなのも、そこらじゅうに防犯カメラがあるのも、高校のときグラフィティやってたんなら尚更、分かってたはずでしょ。だったら自分で責任をとらなくちゃだめだよ。先生のことだって、一概に責められないんじゃないかな」

「それは、そうかもしれませんけど……そういえば、猪上さん、講評会のあとに太郎さんをお昼に誘ってましたよね？　あのとき二人でどんなこと話したんですか」

いきなり望音から訊かれ、詩乃はどきりとする。

「別にたいした話はしてないよ」

「ほんとに、なにも話してなかったんですか」

納得のいかなそうな表情を向けられ、詩乃は心拍数が上がり、目を逸らした。

本当は太郎を煽ったのは森本ではなく自分だったということを、望音には見抜かれているような気がしたのだ。

夕方、大学に戻って、言葉少なに夏休みも関係なく出された課題の準備をしていると、森本がアトリエに入って来た。森本はいつも通り淡々と、課題の補足説明をしたあとは、太郎の話題も出さずに立ち去ろうとした。

「待ってください。太郎さんがどうなったか、聞いてらっしゃいませんか」

望音が引き留め、そう訊ねた。

「ああ、あいつのことか。微罪処分で釈放されて、両親が迎えに行ったそうだ」

森本は腕時計を一瞥して面倒くさそうに言ったあと、「それよりお前たちは、他人を心配している場合なのか」と訊ねた。「自分の絵を描けるようになったやつは、このなかにまだ一人もいないはずだぞ」

「だからって、太郎さんのこと心配しちゃだめなんですか」

「は？　お前がこの大学に来た目的は、友情ごっこをするためか？　むしろ喜ぶべきだろう、ライバルが一人減ったんだからな」

森本はさっさとアトリエを出て行った。

——みんなもそのうち分かるって。

ボヤ騒ぎについて訊いたとき、助手がそう答えたことがなぜか詩乃の脳裏をよぎった。

＊

「ところで、小野山太郎くんの件なのですが」

定例会議の最後に、西は挙手して切り出した。

太郎の逮捕は、油画科の教授陣のあいだでも物議を醸していたようだ。事前の議題には含まれていなかったが、やはり教授たちは気になっていたのか、「そうそう」「結局どうなったんですか」と口々に言う。

「すでに学部長とも話をして、本人には一ヶ月の謹慎処分が下されました。ビルの所有者も若者の未来を奪うつもりはないと言ってくれたそうですし、このまま事態が収束するのを待つのみです」

森本はきっぱりと答えた。

「事件に至った経緯について、もう少し詳しく共有していただけないでしょうか？　学外からも問い合わせや質問を受けていますし、うちのゼミ生たちも戸惑っていますので」

西がそう追及するのには、それなりの理由があった。

じつは西にとって、太郎は特別な学生だったからだ。

西は太郎が三年生のときに、彼を自らのゼミに誘っていた。よくプロジェクトを手伝ってくれた太郎には、協調性やコミュニケーション能力などの見どころがあったし、絵を描いてばかりではなく、他科の学生と積極的につながっていくところが、若い頃の自分と似ていたためだ。

卒業後に絵を描かなくなった西は、代わりに地域のアートプロジェクトを企画して、社会とアートをつなげる活動を行なうようになった。若手アーティストが作品を発表できる場を準備し、アートに馴染みのない人に作品を見られる機会を提供すること。それが広義に、アーティストとしての自らの「作品」になっていった。

——そういう道も、けっこう楽しいよ。

西が腹を割って言うと、太郎はこう答えた。

——ありがとうございます。でも僕、卒業までに一度「自分の絵」にしっかり向き合っておきたいんです。

そうして太郎は、こともあろうに彼に一番向いていなそうな森本ゼミを選んだ。ゼミ分けの会議で、森本が望音を無理やりに自分のゼミに入れようとしたときに、西が断固反対したのは、そうした経緯もあった。

もし自分が太郎の指導に当たっていれば、こんなことにはならなかったはずだ。

「共有すべきことはありません。小野山くんは私のゼミに籍は置いていますが、私有地の壁に落書きしたことは、学内の活動とは一切関係ないので」

「学生は納得しないと思いますが」

「ネットの書込みについておっしゃっているなら、もう見てますよ」

そう言って、森本はシニカルに口角を上げた。

思いがけない返答に、西は言葉のつづきを呑む。

他科にも顔が広くて人気のあった太郎の逮捕に、学内の大勢が衝撃を受けているようだった。【森本が煽ったに違いない。】【無理やりやらされたんじゃないか。】【森本ゼミの講評会はいつも異常。】といった批判はあとを絶たない。

「もしかして西さんは、ああいう陰湿な匿名の書込みを真に受けてらっしゃるんですか？　そんなのをいちいち気にしていたら、本当に大切なことは教えられませんよ。といっても西さんのゼミでは、大切なことを教える必要はないのかもしれませんけどね。あなたのプロジェクトをタダ働きで手伝わせているだけですから。そのやり方で、本当にあなたのゼミの卒業生が自分の道を見つけられるのか、甚だ疑問ですが」

場が沈黙した。

西は憤りつつも、返す言葉がない。

司会役の教授が「まぁまぁ、処分の方針も決まったことですから」と仲裁に入る。会議の話題が、先月に学内であったイベントや各授業の連絡事項などにうつっているあいだ、そういえば、と西は閃いた。


東京美術大学のそれぞれの科には教官室という部屋があり、各教授の助手たちはそこを拠点にして、事務仕事や学生の指導に当たっている。油画科の教官室は絵画棟の一階に構えられており、西は会議のあと、急ぎの仕事を済ませて覗きに行った。

「高橋くんは？」とパソコンに向かっていた別の助手に訊ねる。

「制作してると思いますよ」

「オッケー、ありがとう」

ひとつ上の階にある高橋の作業場は、階段の脇にあった。

「イチから描き直せ」

森本の声がしたので、西は階段をのぼる足を止めて身を隠した。助手たちは、上司である教授から作品の指導を受けることもあり、学生の延長として制作にいそしんでいる。どうやらタイミングが悪かったようだ。

「そんな、今からじゃ間に合いませんよ……せっかくの個展なのに」

高橋の気弱な返事が聞こえる。

「間に合わないんなら、出展しなけりゃいい。こんな凡庸なもの、人様に発表したところで誰にも見向きもされないし、森本ゼミの助手として恥でしかない。いや、こんなものを展示するなと訴えられるレベルだぞ」

森本の笑い声が聞こえたが、高橋からは笑いも返事もなかった。

「ところで、小野山の件だが、他のゼミ生には説明する必要はない。訊かれても適当に答えておけ」と威圧的に森本は言った。

「え？　ただそうは言っても、みんな気にしてますけど」

「そんなこと心配する暇があったら、一枚でも多く卒制のプランを練れって言っておけ。分かったな？」

「はい」

最後の返事は、ほぼ聞こえないくらい小さかった。

ドアが開く音がして、森本が西がいるのとは反対方向に去って行くのが分かった。鉢合わせしなくてよかったと胸をなでおろしつつ、しばらく待ってから、西は高橋の作業場を覗く。

室内にあった高橋の作品を見て、西は目を覆いたくなった。森本の言い方は残酷ではあったが、たしかに「凡庸」という言葉がぴったりで、色使いも枯れている、技術はあるのに個性のない、どうしようもない絵だった。むしろこんなものしか描けない彼を、助手として残らせている森本のセンスを疑う。

まぁ、本人がいいならいいか。

ノックして名前を呼ぶと、高橋はふり返り、「お疲れ様です」とおどおどと頭を下げた。

「少し訊きたいことがあるんだけど、いいかな」

「え、僕にですか？　どうぞ」

夏休みに入っているとあって、同じ階に学生の気配はない。多少きな臭い話をしても問題はないだろう。

「小野山くんのこと、大変だったね」

「そのことですか」と高橋は予想通り、表情を曇らせた。「僕は詳しいことはとくに聞いてませんから。もう実家に帰ったとは聞きましたけど」

「さっきの会議でも、他の教授たちが気にして質問してたんだけど、なかなか詳しいことを教えてくれなくてさ」

質問したのが自分だということは伏せたが、高橋は少し身構えた。

「で、訊きたいことってなんでしょう」

「他でもない森本先生のことなんだけど、僕がハラスメント委員に属していること、高橋くんも知ってるよね？」

ハラスメントという部分は、万が一にも周囲の耳に入らないよう、声を低くした。

「高橋くんさ、たしか年度はじめの飲み会で、森本先生はこれまでもずっと厳しかったって言ってたじゃない？　さっきの会議でも小野山くんの話になったんだけど、ふと思い出したんだよね。数年前にもボヤ騒ぎがあったんでしょう？　当時はアカハラなんていう概念も今ほど一般的ではなかったから、そのままスルーされたんだろうけど、今だったら調査が入って当たり前の案件だよ」

「待ってください、僕にとって森本先生は恩人ですから。先生にとって不利になるようなことは言いたくありませんよ」

そう答えつつ、高橋の発言にはなんの感情も入っていないように聞こえる。

「事実を教えてくれるだけでいいんだけど」

「……そう言われても、森本先生はカリスマです。普通だったら、疑うことはもちろん逆らったりもしません。一般的に言ったら時代錯誤だったり、人として一線を越えていると言われたり、常軌を逸したような指導法でも、森本先生なら許される。これはマジです。それに今はだいぶ良くなった方です。僕らの代なんか、『描写のためだ』って言って、授業中に土とか虫とか食べさせられたり、ナイフで皮膚を切らせられたり」

「ナイフで？　嘘だろ」

「ほんとですよ。自分を傷つけるならまだマシで、他人を傷つけることを強制されたりもしましたからね、思い出したくないから、あまり言いませんけど。でも似たようなことは他にもたくさんさせられたし、目撃もしました」

「そんなの、精神的におかしくなって当然じゃないか」

「ええ、火事の犯人だって、本当のところ、森本先生なんじゃないかっていう説が一番有力でしたからね。じつは僕、聞いたことがあるんですよ。森本先生が『あいつは絶対に潰す』ってお酒に酔って言ってたところを。森本ゼミからいい人材がいっぱい出ている最大の理由は、森本先生が潰すために自分のゼミにいい人材をたくさん選んでいて、それでも潰されなかった人が残るからなんじゃないかと疑うくらいですよ」

　西が言葉を失っていると、助手はわれに返ったように顔を上げた。

「すみません、ついしゃべりすぎました」

「いや……想像以上で絶句したよ」

「でも誤解しないでくださいね。森本先生には悪気はないし、すべては学生のために、もっと言えば、芸術のためにやってることなんです」

芸術のためという免罪符があれば、なんでも許されるのか。

誰かが止めなくちゃいけない。

高橋の作業場から出たとき、廊下の反対側から森本が歩いてくるのが見えた。森本は西が高橋のところにいたことが解せないのか、眉を寄せたが、西は構わず黙って足早にその脇を通り過ぎた。

9

夏の日差しを浴びてきらきらと輝く海面に、望音は目を細めた。今年はタコがよく獲れるとか島の誰それがどうしたという話を、乗り合わせた島民たちから聞きながら、やっぱり島はいいなと改めて思う。

通学にも使っていたこのフェリーは船長も利用客もほぼ顔見知りで、望音のことを見るなり「よう戻ってきたね」とか「東京で頑張っとるんか」とか、なつかしそうに話しかけてくれた。

「望音、どうしたん！」

港に着くなり、母が驚いた顔をして現れた。漁港に三階建てのビルを持っている父の会社で、事務を手伝っていたのだろう。望音は反対される気がして、母に島へ帰ることを事前に伝えていなかった。

「ただいまー」

「会社の子から、船で望音ちゃん見ましたよって連絡があったけえ、まさかそんなわけねぇじゃろと笑ってたら、ほんまにおるからびっくりじゃ！　数日、電話つながらんと思ったら……まさか、身体の調子でも悪うしたん？」

急に深刻な顔になって、母は訊ねた。

「そういうわけじゃないけど、なんもなかったら帰ったらいけんの」

「ほやって、このあいだの正月もうちは制作するんやーゆうて、帰ってこんかったから。まぁええわ、あんたが元気ならほっとした。母ちゃんも今から帰るとこじゃったけ、家でゆっくり話聞かせなさい」

「分かった、父ちゃんは？」

「まだ漁出てるよ」

母は会社から鞄をとってくると、実家までの坂道を歩きはじめた。

この狭い島には、車で走れる道はほとんどなく、昭和の風情がいまだ残っている。望音の実家はそんな島のなかでも港から近い、徒歩十分ほどのところにあった。蔵が二つ並んでいる広い日本庭園は、庭師を呼んでこまめに手入れしている。

望音は居間でお茶を飲みながら、母に事情を説明しようとした。

先生からはいつも酷評ばかりされ、褒められたためしがないこと。信頼していたゼミの友人が逮捕されてショックを受けていること。それ以来、アトリエの雰囲気が悪くなって、卒業制作どころではないこと。

しかし望音が話し終える前に、母は「なにゆうとるんじゃ」と遮った。

「そんなことぐらい、我慢できんでどうする。せっかく東京まで行ったのに」

温かい言葉がもらえると思っていた望音は、肩透かしを食らう。

「そんなことぐらいって」

「母ちゃんもあんたのことめちゃくちゃ心配じゃけど、断腸の思いであんたを上京させたこと、知っとんじゃろ？」

「それは」と望音は口ごもる。

「母ちゃんはいろんな事情で東京の音大には行けんかった。だからあんたには才能を潰してほしゅうない。それに日本で一番難しい美大なんじゃけ、厳しいこと言う先生がいるんは当たり前じゃ。むしろ、叱られん方が問題じゃねえのかって思うわ。期待されてるからこそ、叱られるんよ」

額に飾られた小学校の頃の絵が、目に入る。たくさんの魚や貝を描いたもので、見せるたびに両親が手放しで褒めてくれた。望音のために、父がわざわざ底をガラス張りに改造した船で遊覧してくれたこともあった。

「……分かった、頑張るし」

望音は立ち上がり、荷物置いてくると母に告げた。

実家のあちこちには、長年描き溜めてきた自分の絵が、きれいに額で飾られている。捨てていいのにと望音が言っても、母が「将来役に立つかもしれないじゃない」と言って聞かないのだ。

客間の押し入れに保管された大型のファイルを、望音は引っ張り出す。そこには小学校から断続的に入院していたときに描いた絵が、大量に仕舞われていた。

望音は一枚ずつ手にとって眺める。

微妙に染みができたりしているものの、母が温湿度の安定した客間に保管してくれているおかげで、状態にほとんど変化はない。海、島、魚、友だち、家族。身近なものや人を手あたり次第に描いていた。

身体が弱かった望音にとって、はじめのうち、描くことは現実逃避だった。

同世代の子たちが学校で勉強したり外で遊んだりしているあいだに、自分だけが寝込んでいたり、同じ病室にいた仲の良い子がとつぜんいなくなったり、そうした過酷な現実から逃げるために、望音はお絵描きに没頭した。

母は惜しみなく、子ども用ではない画材を与えてくれた。はじめてウィンザー&ニュートンを使ったときの衝撃。古いインスタントカメラから一眼レフに切り替えたような鮮やかさで、頭に描いたどんな微妙なニュアンスの色も忠実に叶えてくれた。

でもある日、絵には逃避以外の、別の可能性があることに気がついた。

——新しい絵、描けた？

学校の友だちが自分の絵を楽しみにして、わざわざ島からお見舞いに来てくれるようになったのだ。

新しい絵を、もっとみんなが喜ぶような素晴らしい絵を描けば、友だちが会いに来てくれる。両親だって、日々病気と闘っている院内の子どもたちだって、自分がいい絵を描けば笑顔になってくれる。

望音にとって絵は、誰かを喜ばせるもの、誰かとつながるためのものになった。

テレビもネットもなく、娯楽といえばラジオくらいの、不自由で閉ざされた病室という空間にいたからこそ、望音は自分を見つめ、自分の絵を深めざるをえなかった。だから描かれたものは外部から得た情報ではなく、夢想したものばかりだった。記憶のなかのきれいな風景から、友だちや家族が喜んでくれそうな一枚を一生懸命に考えた。

東京美大に現役合格するほどの画力があったのも、小さい頃から身体が弱くて描くことしかできなかったからこそだった。みんなが褒めてくれたもの、いい構図やいい色使いを、望音は失敗をくり返しながら、少しずつ経験として蓄積させたのだ。

でも今の自分にとって、絵とはなんだろう？

ふと望音の頭を、あの誘いがよぎる。


風は東京よりもうんと心地よく、内海なので高い波はほとんど立たない。澱みのない潮の香りに包まれていると、望音はいくぶん気を取り直した。すり寄ってきた猫をなでながら、「やっぱり海はええなぁ」と話しかける。

猫はわれ関せずといった風に、となりで丸くなった。望音は立ち上がり、浜辺の貝殻をうろうろと拾いはじめる。

この浜辺には、絵具の原料に適した貝殻がたくさんある。子どもの頃は、貝殻だけじゃなくて石や端材を砕いたり貼ったりして、自分だけのやり方で絵を描いていた。昔を思い出しながら、形や色のきれいなものを、ひとつ、またひとつと拾いはじめると、ポケットがずんと重くなる。

こいつはみずみずしい青、こいつは温かみのある赤、こいつは。

しばらく拾い遊びをつづけていると、遠くから声がした。

「おーい、汐田さーん、汐田望音さーん」

顔を上げると、自転車にまたがって麦わら帽子をかぶった釣り人が、大きく手をふっていた。島で小さな診療所をやっている医師である。

「はっ、先生！　お久しぶりです」

自転車をガードレールの脇にとめて、浜の方に下りてきた先生は、クーラーボックスのなかの収穫を誇らしげに見せてくれた。数十センチはあるピンクに輝く鯛が数匹入っている。「どうだ、堤防からこんな大きいの釣ったんだよ」

「すげー！」

望音は頭を抱えて言う。「こんなにぎょうさん堤防から釣られてしもうたら、父ちゃんの商売もあがったりじゃ」

「ははは。もうこの島に住んで長くなるから、季節ごとの穴場にも詳しいんだよ」

本土出身で、釣りと本がなにより好きな診療所の先生は、望音に絵の面白さを教えてくれた恩人だった。診療所にもずいぶんとお世話になったため、望音にとっては数少ない理解者でもあった。

「今夜はこいつの刺身で一杯やろうかな」

「いいなぁ。そういえば最近、新鮮なお刺身、食べてないな」

「お父さんに言ったらいくらでも食べさせてもらえるでしょう。ところで、大学は夏休みなの？　久しぶりに汐田さんが帰ってきてくれて、ご両親も喜んでるんじゃない」

「それが、さっき母からは叱られてしまいました」

「君のお母さんらしいね」と先生は笑った。

「母には病気のせいでたくさん心配かけたから、期待には応えたいんじゃけど」

望音が口ごもって、海の方を見つめると先生は訊ねる。

「東京でなんかあったの？」

いえ、と望音はため息をついた。

――あんたには才能を潰してほしゅうない。

母はそう言ったけれど、才能ってなんなのだろう。東京にいないと潰れるんなら、その程度でしかなかったんじゃないか。この島にいて大切な人と生活する方が、望音にはよっぽど尊いことに思える。

半年前に届いた一通の英文メール。

【来年の九月から、うちで絵を学ぶ気はありませんか？】

もしあのメールを見せたら、母は間違いなく「迷っている場合じゃない」と言うだろう。でも望音には、見せる勇気がまだなかった。フェリーの行きかう海を眺めながら、望音は自問するように言う。

「うちは、自分が今どこに向かってるのか分からんのです」

望音が暗い表情をしているのを認めると、先生は目を細めた。

「あんまり余計なことを考えず、君らしくやればいいんじゃないかな。君は君だから、今まで君が乗り越えてきたこと、見てきたものを信じるしかないものね」

今まで見てきたもの。

目の前には、雄大な海と遠くに浮かぶ島々があった。刻々と変化する海面の輝き、遠くに見える島の群れ、海鳥の翼、夕暮れの木漏れ日。それらを前にすればどんな絵も敵わない、と望音は昔から思っていた。

「大変なこともあるだろうけど、汐田さんが成長して、また新しい絵が見られるのを楽しみにしてるよ。僕だけじゃなくてね。とはいえ、身体が一番大事なんだから無理は禁物だけれど。ちゃんと病院には行かなきゃだめだよ」

「……バレました？」

「顔色が悪いからね」と言って、先生は真剣な面持ちでつづける。「本当、新しい絵はいくらでも描けるけど、身体はひとつしかないんだから大事にしなくちゃ。取り返しのつかないことになってからじゃあ、遅いんだよ。命よりも大事なものなんて、ないんだから」

そうですね、と望音は肯きつつ、半分は上の空だった。

先生と別れたあと、望音はスマホを開いて過去のメールをさかのぼる。

【われわれの大学院には、世界中から優れた若い才能が集まります。来年の九月から、うちで絵を学ぶ気はありませんか？　奨学金の制度もたくさんあります。興味があれば見学に来るといいです。あなたが来てくれることを、今からとても楽しみにしています。】

＊

閉め切られたアトリエの窓からは、学園祭のための神輿（みこし）をつくる一年生の法被（はっぴ）姿が見えた。法被の背中には金色に輝く学章が誇らしげにプリントされている。声は聞こえないけれど、汗や笑顔がはじけてまさに青春の一ページだ。

三年前の自分たちも、ああやって神輿をつくっていた。

学園祭委員を引き受けた詩乃は、油画科のクラスメイトたちから出される奇を衒（てら）ったデザイン案をまとめ、その実現に奔走した。しかし今では学園祭に向けて華やぐキャンパスの雰囲気にも心が躍らない。

太郎は夏休みのあいだ謹慎処分を受けていた。あのとき自分が食堂で太郎になにも言わなければ、結果は違っていたかもしれない。どうしようもないその事実をふり返るたび、詩乃は後悔した。

ふと、校門から歩いてくる望音の姿が視界に入る。望音とは事件現場を見に行ってから気まずくて一言も口をきいていない。今日も汚れたつなぎ姿だ。しばらく観察していると、彼女は食堂の前辺りで神輿をつくっていた一年生の一人に声をかけた。

「あの一年生、誰だっけ」

「どれどれ」と言って、和美は窓辺に寄る。「あー、望音と同じ高校だった白井くんじゃないかな」

「ふーん、望音の地元って田舎なんでしょ？　そんなに美大受験する人いるわけ」

「なに、その雑な言い方」と和美は笑ったあと「たしか白井くんって、東京の予備校でしばらく浪人してたんじゃなかったかな。ていうか詩乃さ、人のこと気にしてる場合じゃないよ。今のままだと私たち、卒業も危ういんだからさ」と言った。

たしかに和美の言う通りである。詩乃のスペースには、卒制のプランを描いたスケッチブックや画用紙が何枚も床に散らかっていた。

――今までの課題は遊びみたいなもので、ここからの『第三ターム』では、いよいよ卒業制作に取り組むことになる。

夏休みに入ってから、森本はそう言って卒業制作のプランを提出するように言った。

――君たちも知っているだろうが、いいプランが出せなければ、留年するケースもあるからな。

その日、森本がアトリエに現れると、望音はアイデアをまとめた巻物状の画用紙を広げた。

「地元の島をモチーフにして、F100を三枚仕上げたいと思っています」

縦百六十センチを超えるものを三枚も仕上げるなんて、あと半年もないのに間に合うのだろうか？　100号ともなると張るのも大変で、木炭紙サイズが五十メートル走だとすればフルマラソンを走り切るようなものだ。しかし以前より日に焼けた望音は、覚悟を決めたような顔つきだった。

――私は、私の絵を描く。

一瞬そんな声が聞こえた気がした。

「とりあえず、やってみるといい。ただし九月末にいったん見せろ。それまでは学校にも来なくていい」と森本は言った。

　望音のプランが通ってから、詩乃の焦りはつのる一方だった。静物画、風景画、人物画、抽象画。新しいプランを考えるのにも疲れ、どれもネタが尽きていく。まるで岩を山頂に運んでは、山頂に達するとその岩が転がり落ちて最初からやり直しになるという、無意味で希望のないシーシュポスの労働のような時間だった。

　そんな自分を尻目に、望音だけは卒制を描きはじめているなんて、詩乃は泣き叫びたいほど悔しかった。

　どうして望音のプランが通って、私のが通らない？

　そもそも詩乃はあの「島」のプランが評価されたことに、全然納得がいかなかった。なにが描きたいのか分からない、あんな感情的なプランに一発オーケーを出すなんて、森本はどうかしている。あんなのが良くて、他の二人のプランをどれも却下する森本に、不信感を抱いてしまうほどだ。

　あの子さえいなければ――。

　あの子がいるせいで、本来の自分の強みを生かせない。

　自分のプランが却下されればされるほど、詩乃はこの悔しさも苛立ちも、すべて望音のせいなんじゃないかという気になった。学園祭がはじまる頃には、詩乃は望音のことを心のなかで何十回も殺していた。

「ちょっと、飲んでいかない？」

帰り際、和美に誘われて、詩乃は肯く。

「そうだね、息抜きでもしようか」

学園祭中のキャンパスは、日が暮れても明るかった。敷地内にはクオリティの高い似顔絵描きや、手づくりの雑貨を売っている屋台が並んでいる。ここにいる若者のほとんどは難しい試験をクリアして集まってきたのに、それでいて将来の保証はないのだ、と詩乃はつい斜めから見てしまう。

油画科が代々受け継いでいる模擬店に立ち寄ると、一般のお客さんに混じって、さまざまな学年の油画科生が集まっていた。なかには、このあいだ神輿づくりの最中に望音が声をかけていた白井の姿もある。

和美とビールで乾杯すると、博士課程に在籍している先輩とバンドTシャツを着ている卒業生から話しかけられた。

「今みんなで話してたんだけど、森本ゼミって、実際のところどうなの。太郎の逮捕事件とか、炎上してマジやばくね？」

酒臭い息でそう言った先輩は、すでに何時間も飲んでいるらしい。酒癖が悪いという噂も多く、詩乃はこれまでも何度か絡まれたことがあった。

「やばくないですよ。たしかに森本先生は厳しいですけど、本気で指導してくれてる感じがして、勉強になりますから」

「いやいやー、強がっても無駄だから！　森本って自分には教育しかないっていうか、この美大にしか居場所がないって感じするよな。太郎が逮捕されたのも森本に煽られたからだって噂だけど、実際どうなの？」

「そんなわけないじゃないですか」

詩乃は笑顔をつくって否定する。

「でも森本ならやりかねないよなー。前にも森本ゼミで病んじゃって、人生滅茶苦茶になったやついたんだろ？　それまでは明るくてまともだったのに、この美大を出てから豹変して、人を刺して刑務所行きになったとか」

まさか、絶対にそんなわけない。

助手が言ったように、噂に尾ひれがついただけだ。

そう思った詩乃は、笑みを浮かべるのをやめる。

「ていうか、へんな噂を流すの、やめてもらえません？　先輩方には、ぶっちゃけ関係のないことですし」

つい、きつい口調になってしまった。いくら酒の席とはいえ、詩乃は今まで先輩にそんな生意気な口を叩いたことは一度もなかった。先輩は自分からふった話題に後輩が食いつかず、かちんと来たらしい。

「心配してやってんのに、なにその言い方。そもそも大学の課題なんて、真面目にやっても意味なんてねぇんだから、太郎もほんっと馬鹿だよな。卒展だってさ、業界の人なんてほとんど来ないし、青田買いする三流画廊に捕まるか、卒業生にでかい顔されるだけじゃん。ちゃんとプロになれるのは才能のあるほんの一握り、十年に一人の逸材だけなんだからさ」

「そうそう、ゼミなんて真剣に受けるだけ、あほらしいよー」

バンドTシャツがとなりでへらへらと笑う。仮設ステージから下手なギターの音がして、まるで自分を嘲っているように聞こえた。

「あほはどっちですか！」

「は？」

「あほなのは、あんたらの方じゃないですか？」

「なんだよ、本気で怒るなよ」

「遊びでやってるわけじゃないんだよ、こっちは！」

勢いよく立ち上がったせいで、テーブルががたんと傾き、グラスがいくつか倒れた。

模擬店を切り盛りしている一年生が、迷惑そうにこちらを見た。でも今の詩乃にはどうでもよかった。

校門を出て、公園まで行ったところで、和美から呼び止められた。

「待ってよ、詩乃」

この辺りは美術館や博物館がいくつも集まるエリアである。入学してまもなくの頃は、この公園を横切って通学するたびに「国の文化を背負っていくのだ」と誇らしくなったものだが、今では自分たちの周りだけ、やたらと蒸し暑くて息苦しいような気がしてならない。

「ちょっと落ち着いたら？　全然らしくないよ。いつもの詩乃なら、先輩からのあのくらいの軽口は笑って受け流してたじゃん。太郎の事件からずっと様子がへんだけど、気になることでもあるの」

キャンパスの方から学生の笑い声が聞こえる。

本当はすべて打ち明けたかった。太郎が逮捕された日、逃げているだけだと糾弾して追い詰めてしまったこと。太郎を煽ったのは森本じゃなくて自分だったこと。一人だけプランの通った望音のことが、死んでほしいくらい憎いこと。でも、できない。というか、そんなことができる正直さがあったら、今頃苦労していない。

「ごめん、いろいろ混乱してて」

「謝らなくていいよ。ちょっとさ、座って話さない？」

二人は噴水の近くに腰を下ろした。広場の中央にある巨大な噴水は、夜になると通りに面する博物館のファサードを背後に、さまざまに形を変えて照明を受ける。でも立ち止まって眺める人はほとんどなく、予算削減のせいかたまに水を抜かれている。

「たしかに、詩乃の気持ちはよく分かるよ」と和美は明るく言う。「あの博士課程の先輩って、態度だけは偉そうだけど、もう三十なのに鳴かず飛ばずだもんね。自分のことを心配してればって思うよ」

噴水の動きがいったん止まり、やがて別の噴き出し口から水が上がった。真面目に観賞してみるとリズミカルで飽きないけれど、誰も立ち止まらない。一生懸命につくっても見てくれる人は皆無だなんて、美大生の作品みたいだ。

いくら展覧会をしても、代わり映えしない知り合いが見に来るくらいで、誰のために誰に向けてやったのか、数十というリツイートの量がなにを意味するのか、詩乃にはよく分からない。

「でも和美さ、もう一人のバンドTシャツ着てた人、誰か知ってる？」

和美は首を左右にふった。

詩乃が名前を伝えると、「マジかー、どっかで見た気がしたんだよね」と唸る。

彼は在学中に組んだバンドが話題になり、最近よくカフェやギャラリーで個展をしている卒業生だった。モデルでもできそうな整った顔立ちなので、メディアでもたまにインタビューや写真を見かける。

「あの人みたいにさ、認められる人は、放っておいても早いうちから勝手に認められていくんだよ。たぶん私って才能ないからさ、美大なんて向いてなかったんだよね」

詩乃は弱音を抑えられない。

「私には『私の絵』なんて、そもそもないもん。森本先生が求めてるものなんて、描ける気がしないよ。卒制のプランだって全然思い浮かばなくて、気がついたらネットで調べた作品とか、他人のばっかり真似しちゃうんだ」

しばらく黙って噴水を眺めていた和美が、「本当に、そうかな」と呟いた。

「本当に、詩乃には『詩乃の絵』がないのかな？　ほら、さっきの人のこともだけど、逆に捉えれば、私たちにもチャンスはゼロじゃないってことでもあるよね」

意外な一言に、詩乃は顔を上げた。和美はいつになく真剣な横顔で、こうつづける。

「最近よく画廊に持ち込んだり、売れてるアーティストの人に話を聞きに行ったりして思うけど、ろくに努力してなさそうに見えたり、才能だけでやってますって感じの人に限って、じつは陰でめちゃくちゃ勉強したり人脈をつくろうと頑張ってたり、必死に『自分の芸術』に向き合ってるもんだよ。そういうアーティストっぽい振る舞いをして自己プロデュースをできるっていうのも、ある意味では才能なんじゃないかと私は思うけどね」

いつも早口に難しい話ばかりするのに、和美はゆっくりと言葉を選んでいた。

「私さ、もし絵をやってなかった頃の自分が、美術に真剣に向かってる今の自分のことを見たら、きっと理解できないし、変わり者だなって笑うと思う。でも心の奥底でちょっと羨ましくなる気がするんだ」

「羨ましい？」

「だってほとんどの人は、日々小さく絶望しながら生きてるじゃない。小さく諦めたり小さく我慢したり。たしかに誰かの言うことに従って、周囲と同じように生きるのって楽だけど、私は自分で決めた道を歩きたい」

さらに意を決したように、彼女は深く息を吸った。

「じつはあんまり人に言ったことないんだけど、私の地元って私が高校生の頃に被災してて、そのあとの生活のなかで、いろんな不条理とか疑問を感じるようになったんだ。そのときに、私は美術に出会って変われたっていうか、救われたんだよね」

和美は絵具で汚れた手を見つめながら、話をつづける。

「好きなことなら、なんだって頑張れる。逆に、好きじゃないとやっぱりそこまで頑張れない。だから詩乃も、今まで絵を頑張ってこられたのは、好きだったからに違いないと思うよ。好きじゃなかったら、そこまで技術は身につかないって。私そういう意味で、詩乃のこと尊敬してるんだからさ」

詩乃はしばらく黙って、噴水を眺めていた。

「……でも上手なやつなんて、掃いて捨てるくらいいるじゃない」

「いやいや、技術がないと描けない絵もたくさんあるって。たとえば写実画とか。ああいうのってアカデミックな世界では馬鹿にされがちだけど、市場調査したら、やっぱり一定数の人気があって売れてるし、なにを描くかによって全然違う意味になるから、個性だって出るんじゃないかな」

写実画というのは、その名の通り写真のように描かれた絵である。前期の課題地獄でも何枚か課され、いずれも森本は詩乃の作品を高く評価していた。コピーするのだけはうまいなと褒められたのも、写実画を描いたときだ。でも卒業制作にするなんて、今まで考えてもみなかった。

「ああいう絵って、技術をひけらかすみたいで邪道じゃない？」

「そんなことないよ。たとえばスーパーリアリズムってあるじゃん。ポップアートから派生した七〇年代の運動だけど、写実画に新しい意味を付与しようとしてて、私けっこう興味あるよ。スマホで誰もが写真を撮る今だからこそ、写実画を描く新たな意味はあるんじゃないかな。それに詩乃にはああいう絵を描く技術が、誰よりも備わってると思う」

たしかに和美の言う通り、新しいものは生み出せなくても、対象を選んでうつしとることならできるかもしれない。自分の目に見える世界を、忠実にうつすことを徹底してみたら、どんな絵画が出来あがるんだろう。

「ありがとう。少し先が見えた気がする」と詩乃が立ち上がると、和美は笑った。

「よかった、それでこそ詩乃だね。さっきだって、いつもの詩乃なら目上の人の機嫌をとるのがうまいのに、あんな反抗的な態度とって、私びっくりしちゃった」

「なにそれ、褒めてないでしょ」と詩乃は笑う。

「いや、だからちょっと見直したんだって」

そう言って、和美は親指を立てた。


詩乃は家に帰ってから、ヨーロッパの写実主義、ソ連などの社会主義国家で公式化された社会主義リアリズム、スーパーリアリズムについて調べた。どの時代、どの地域にも、実物のものをそっくりに描くというスタイルは、途絶えることなく存在するようだ。

とくに現代の写実画家たちがよくモチーフに選んでいるのは、大きく分けて「水」と「しわ」のふたつである。

「水」では、川やグラスに注がれた飲み物、結露したガラスなど。つぎに多いのは人の顔で、とくに肌の「しわ」が強調されており、執念すら感じられる。他にも新聞や車、街の風景といったさまざまな写実画があるが、「水」と人の顔の表現が目立った。

ぽつん、と音がして窓の外を見ると、雨が降り出していた。

学園祭での模擬店は、大丈夫だろうか。慌ててビニールをかけて、雨宿りする学生の姿が思い浮かぶ。夏の夜の雨に濡れそぼって、街灯の光を反射したアスファルトの道。その道に、詩乃はそこはかとないリアルを感じた。

さっそく詩乃は、スマホで雨を撮影する。すぐそばには温かな光があるのに、立っているのは雨が降っている冷たい屋外で、地を這っている感じがある。キャンバスいっぱいにそれを描いたとき、どんな印象があるだろう。ありのままの「夜の雨」を、誠実に描くこと。それは今の自分にぴったりな題材に思えた。

私には、望音の絵は描けない。和美や太郎みたいな絵も描けない。でも同じように、私の絵だって私以外誰も描けないんだ。

そういう気持ちになれたのは、ずいぶんと久しぶりだった。

10

問診票をはさんだバインダーを、受付の女性に手渡したあと、望音は声をかけた。

「ここの緊急連絡先なんですが、電話するときもあるんですか」

受付の女性は面倒くさそうな顔をしたあと、「ええ、緊急のときに、他の番号につながらなければ、連絡させていただきます」と淡々と答えた。

緊急連絡先には、実家の番号を書いていた。しかし島の診療所の先生に紹介状を書いてもらったことも、都内の大学病院に検査に来たことも、望音は実家の誰にも伝えていないので、できればこのまま黙っていたかった。

待合室はつねに満席状態で、つぎからつぎへと人がやって来た。採血とMRI検査をしたあと、望音は長時間そこで待たされた。院内をぼんやりと眺めながら、もうここに来るのはやめようと考える。こうしているあいだに一枚でも、一筆でも多く描きたいからだ。

ふと入院病棟の方から、小学生くらいの子どもが花束を持って歩いてきた。キャラクター柄のパジャマを着て、マスクで顔のほとんどを隠している。その子が親に手を引かれて消えるまで、望音は「はよ、元気になるといいね」と祈った。

「十五番の番号札をお持ちの方」

われに返って、望音は立ち上がった。

診察室には、想像したよりもはるかに若い医師が椅子に座っていた。

「お待たせしました。検査の結果ですが、あまり良くありません」と言って、医師はパソコン画面を指しながら現状を説明した。機能性の病気が悪化しており、最近つづいていた微熱も左半身の疼痛（とうつう）もそのせいらしい。

「とくに痛みについては、日常生活にも支障があるんじゃないですか？　本当はもっと早く検診に来ていただきたかったんですが」

「すみません、忙しくて」

医師はまっすぐ望音を見た。

「大学では、なにを専攻なさってるんです？」

「えっと、絵です。美大なんです」

「美大？　ほんとに忙しいの」と医師は眉をひそめた。

望音は黙って肯く。

医師は呆れたようにくだけた口調になった。

「あのねぇ、放っておけば症状は悪化するよ？　痛み止めとか、いくつか薬を出しておくけど、なによりストレスを溜めこまないこと、睡眠や休息は回復の絶対条件だからね。経過を見るために一ヶ月後に、必ずまた来てください」

望音はもう肯きもせず、ただ黙っていた。

耳鳴りがすることも伝えなかった。

医師はそれ以上なにも訊かず、パソコンの画面に向かって「では、お大事にどうぞ」と言った。望音はふらふらと診察室を出て、待合室に腰を掛ける。

入院病棟の方を見たけれど、さっきの子どもの姿はなかった。

そして今朝確認した一通の英文メールのことを思い出した。

【先週から、われわれは来年度の学生を選んでいます。先日の会議で君の作品を推薦したところ、他の教授からもいい反応を得られました。しかし本校には他にもたくさんの候補がいるので、君の卒業制作を見てから最終決定をしたいそうです。卒業制作はうまくいっていますか？　いい報告を期待しています。】

望音の住んでいるアパートのなかは、身長よりも大きなキャンバスが数枚場所をとり、その他画材で足の踏み場もない状態だった。ほぼ完成に近づいており、あとは微調整して仕上げるだけだ。ここからが一番楽しい作業なのに、望音の気分は浮かない。

うちはなんのためにこの絵を描いてるんじゃ？

ぼんやり室内を見つめながら、まだ誘いを受けると決めたわけでもないのに、焦っている自分がよく分からなくなる。

望音が誘いを受けるべきか迷っている理由は、東京美大に入ってみて、どこに行っても結局は変わらないと感じているからだ。誰かと競うために絵を描いたり、上手な描き方を覚えてしまったら、望音はこれまで通り、自分の絵を描くことができなくなる気がして怖かった。

数日後、絵を完成させた望音は、ひとまず赤帽に配送してもらったキャンバスを、絵画棟に運び入れようとした。

そのとき一階で、ばったり助手に遭遇した。

「あれ、大学に来なくてもいいって言われてなかったっけ？」

「もう完成したんで、持って来たんです」

「あっそう、ずいぶん早かったんだね」

助手は受け流すと、望音の身体より一回り大きな段ボールを運ぶのを手伝ってくれるわけでもなく、汚れでも検分するみたいに箱の外側を眺める。

「そこの台車、使わせてもらってもいいですか」

「いいけど。それより汐田さんさ、アトリエに来なくてもいいって森本先生は言ってくださったのかもしれないけど、アトリエはみんなで使う場所なんだから、掃除とかちゃんと来なくちゃだめだよ」

とつぜん言われて、望音はそんな時間なかったからなぁと弱りつつも、素直に「すみません」と頭を下げる。すると助手はその態度も気に食わないという感じで、「あと、そんなでっかい絵仕上げたって、どうせ森本先生に見せても、ほとんど意味ないと思うけどね」と言った。

「意味ないって、どういう意味ですか」

「今の時期にオーケーなんてもらえるわけないってこと。あの人から言われたこと、真に受けてたわけじゃないよね？」

あの人、という言い方が冷たく感じられた。

大げさに驚いてみせたあと、助手はつづける。

「もしかして、自分は特別って思ってた？　森本ゼミにいるんなら手を抜くとこは抜かないと、提出期限の前に潰されちゃうよ」

さっさと立ち去る助手のうしろ姿を見つめながら、あの英文メールに対する迷いがじわりと大きくなるのを感じた。

ほぼ一ヶ月ぶりに訪れたアトリエに太郎の姿はなく、和美に訊ねるとあれから一度も来ていないらしい。太郎さんにも見てほしかったけど、と残念になるが、望音は気を取り直して開梱作業を進める。仕上がったキャンバス群を見て、和美は「これ、全部描いたんだ」と呟いた。

詩乃とは少し目が合ったが、言葉は交わさなかった。

午後になって、森本がアトリエに現れた。しばらく黙って望音の絵を見たあと、こう訊ねる。

「君はいったい、この絵でなにを表したかったんだ」

さっき助手から言われたことが頭をよぎって、望音は咄嗟に答えられない。なにを表したいのかを意識して筆を進めたのは、「引用」の課題だけだった。この絵では、自分のなかに湧きあがってくるものを、率直にキャンバスにぶつけていた。

「……説明しないといけないんですか」

望音が困惑しながら訊ねると、森本は眉間に深いしわを寄せた。

「美術っていうのは、説明できないことを説明するもんだろうが！　四月からたくさんの課題を与えてやったのに、まだそんなことを言ってるのか？　がっかりしたな、お前がなんにも成長してないとは」

改めて絵に目をやると、さっきまで大切な居場所だったキャンバスは一変して、見知らぬ駄作にうつる。こんなものを必死に描いていたなんて、一ヶ月をまるごと浪費してしまったようにも思えた。

──卒業制作はうまくいっていますか？

その問いを思い出し、さらに焦りが募る。

「こういう絵を、うちのゼミでよしとするわけにはいかない」

森本は有無を言わさずにつづける。

「絵というのは、ただ描けばいいわけじゃない。お前はこの絵で、自分と本当の意味で向き合ったのか？　欠点を克服するために、一度も逃げなかったか？　お前にとって絵っていうのはなんなんだ。なぜ作品について説明できないのか、自問したこともないだろう？　今後もこういう無自覚な絵を描きつづけるなら、お前はいつまで経っても、ちょっと色の使い方がうまい程度の、独りよがりで時代遅れの画家だぞ！」

望音はなにも言わずにキャンバスを裏返し、アトリエを出て行った。

ふらふらとした足取りで階段を下りるあいだ、周囲の音も、すれ違う人の声も聞こえなかった。なにも考えられないくらいショックを受けているのに、足だけは自動的に大学生協に向かっていた。

ランチを買いに来た学生をかき分けながら、望音は脇目もふらずに画材売り場に進んでいく。色とりどりの絵具がぎっしり並んだ棚を素通りし、希釈に用いられる画溶液と下地材の缶を三つずつ手にとって、レジでお金を払う。

歩いているあいだ、耳鳴りは止まない。

やっぱりあかんかった。

うちにとって絵を描くって、いったいなんなんじゃ——分からん。

アトリエに戻ると、森本の姿はなかった。

望音はまっすぐ作品の前に戻る。そしてキャンバスの表面を、画溶液を含ませたボロ布で、躊躇なくごしごしと拭いた。絵具はまだ完全に乾いておらず、力を込めると簡単に溶けてキャンバスの地がむき出しになった。

「ちょっと待ってよ、その絵も十分いい絵なんだから、残しておきなって」

和美が狼狽した声で言うのも、望音の耳には入らない。一秒でも早くこの絵を消してしまいたい一心だった。悪戦苦闘したのに、消すのは一瞬だ。絵画だったものがたちまち絵具に崩れ、表面が平らになると、下地材の塗り直しにとりかかった。

ぽたり、と水滴が落ちる。

やっと自分が泣いていることに気がついたが、望音は拭いもしなかった。

＊

きっと森本は、望音に一番期待している。

和美はそう察していた。はじめのうちは詩乃だと思っていたが違う。森本は誰よりも望音に高いハードルを課している。だから「島」の絵も決して悪くはなかったけれど、本当にそれが「自分の絵」なのかを望音にもう一度問わせたかったのだろう。

ただし望音本人に、それに気がつく余裕はなさそうだった。以前は森本からなにを言われても飄々としていたのに、肩を上下させながら一心不乱に絵を消している姿からは、なにを描いても森本から却下されるに違いないという不信感だけが伝わる。

アトリエの壁にできた影のような火事の跡も、最初に見つけた頃に比べると、徐々に大きくなっているように感じる。さすがの詩乃も、明日は我が身だと思ったらしく深刻な表情だった。

和美は筆を置いて、廊下の窓から外を眺める。

「お疲れ様です」

ふり返ると、一年生の白井だった。

廊下の掲示板を見に来たらしく、座学の授業に関するお知らせをメモしている。ちょうど望音のことを考えていたので、和美は声をかける。

「白井くんってさ、望音と同じ高校出身なんだっけ」

和美が訊ねると、「そうですけど」と白井はメモをとる手を止めた。

「このあいだも、二人で話してるところ見かけたから」

「ああ、望音さん、実家に帰ったみたいで、うちの家族からもお土産を預かってきたんだそうです。ほんと、過保護な親っすよねー」

「ってことは、家族ぐるみで仲良かったんだ？」

白井は複雑そうな顔になった。

「いやー、仲良いってほどじゃ……うちの島って、小さなコミュニティだから全員が知り合いなんですよ。むしろ望音さんって島のなかでは浮いていたっていうか、特別扱いされていたので、僕はあんまり話したことなかったんですよね」

「特別扱いって、なんで」

「ほら、病気がちだったから」

「え、そうなの？」

和美が訊き返すと、白井は意外そうに「本人から聞いてません？　望音さんって子どもの頃、よく入院してたんですよ。学校も休みがちだったから、大人たちからすごいケアされてて。って、僕が話しちゃっていいのかな」と言い、気まずそうな顔をする。

「その病気って、もう治ったの」

「一応良くなったとは聞きましたけど、詳しいことは分かんないっすね」

言われてみれば、腑に落ちることばかりだった。前期に出された「断食」の課題でも、彼女だけやり遂げなかったのは体調を崩して不可能だったからではないか。しかしそんな大事なことを、どうして誰にも言わなかったんだろう。

和美が考え込んでいると、白井は皮肉っぽく言う。

「ま、でも望音さんの実家は網元で、地元ではけっこうな名士だから、プラマイゼロなんじゃないですか？　僕らの母校にも、望音さんの絵が飾られてるんですけど、ああいう絵って僕はあんまり好きじゃないんですよね。果たして彼女が病気でも金持ちでもなかったら、あそこまで注目されたか分からないっていうか」

「それ、単なる嫉妬じゃない？」

和美が低い声で言うと、白井は「え」と口ごもった。

「病気のことも実家がお金持ちなことも、望音は私たちに全然言わなかったよ。大変だったからこそ、自分のせいで空気が暗くなったり、心配かけたりするのを嫌がってたんだなって、今になったら分かるわ」

「急にどうしたんすか」

和美は白井を無視して、アトリエに戻る。

白井に対してというよりも、望音のことを全然分かっていなかった自分に腹が立つ。

望音はどれだけ刈っても伸びる盛夏の植物のように多作で、一日に何枚もの絵を仕上げていた。でも本当は、命を削るようにして描いていたのだ。彼女が立っているのは、想像もつかないほど孤独なところだった。

望音のキャンバスの周りには、絵具と画溶液で汚れたボロ布が山のように落ちている。

和美はそれを見つめながら、ずっと病気や周囲からの妬み誹り（ねたみそしり）と闘いながら、一人で頑張っていたんだなと思った。

それから一週間、望音はアトリエにやって来ても、呆然と白いキャンバスの前に座っているだけで、絵筆をほとんどとらなかった。心配になった和美は、二人きりになったタイミングで望音に声をかけ、白井から聞いた話を確かめた。

「別に探るつもりじゃなかったんだけど、びっくりして」

「いえ、こっちこそ、隠すつもりはなかったんで、気にせんでください。ただ、別にみんなに話すようなことでもないなって思ってただけじゃし」

「もし私になにかできることがあったら言ってね、身体のこととか」

望音は感心するほど穏やかにほほ笑んだ。

「ありがと。でも大丈夫です。このあいだも取り乱して、カッコ悪いことしたなって反省してます」

「いやいや、せっかく描いた絵をあんな風に否定されたら、誰だってああなるよ。私だったら完全に心折れてると思う。って、私はまだプランさえ通ってないんだけどさ」

和美は苦笑いを浮かべる。詩乃は学園祭が終わったあとに写実画のプランが通っていたので、和美さん、太郎を除けば、あとは自分だけである。

「和美さん、ひとつ言ってもいいですか」

「うん？」

「和美さんはもっと、自分の感覚を信じてもいいんじゃないですか？　和美さんはプランでも、けっこう奇抜なアイデアで勝負しようとしてますけど、うち個人的には、和美さんがなにも考えずに描いた絵の方が何倍も好きですよ。ほら、『断食』の絵とか、勇気もらえました」

自分のスペースをふり返ると、提出したプランが散らばっていた。どれも頭でっかちで理論でしか考えられていない、売れている絵を派手に装ったものばかりだ。いかに人と違うことをするかに命を懸けていた去年までの自分から、なんら進歩していない。

突拍子もないことをやるのが芸術じゃない。「自分の絵」を描くのに、奇を衒ったことをする必要はない。望音の一言で、和美はそう実感した。

その夜、和美は短い夢を見た。断食したときに見た、奇妙な夢のつづきだった。その夢には、ふたたび犬が登場した。

しかし今度は一匹ではなく、数えきれないほどの犬が一ヶ所に閉じ込められ、複数の群れを成し、各々に好きなことをしていた。餌を食らい、他の犬を攻撃し、激しく吠える。処分される運命にあるのか、脱出する隙を狙う犬もいる。

そのうちの一匹が、喉の渇きを訴えるように舌を出して息をしており、和美はそれを抱き上げようとして、あることに気づく。すべての犬が異なる行動をしているのに、判で押したように同じ表情なのだ。人面犬、または能面をつけた犬。

悲鳴をあげたところで夢から覚めた。起き上がって、和美はスケッチブックに向かった。夢で見た鮮明なイメージを取りこぼさぬように、素早く鉛筆で描きとめる。卒業制作はこれしかないと思った。

11

夏休み明けのキャンパスで、太郎はすれ違った大勢から、大丈夫かとか、あれからどうしていたのかと声をかけられた。

ここ一ヶ月、太郎はスマホに届くどのメッセージも着信も無視していた。コンビニまで行ったりする以外は外出もせず、家族ともろくに話をしない日々で、今まで好き勝手に意見してきたワイドショー的なネット記事も、当事者のように思えて怖くなるからほとんど見ていなかった。

罪名は、軽犯罪法違反、現行犯逮捕だった。しかし被害者である建物の持ち主が、大学生の初犯であることに加えて、過去に事情があったことなどに同情し、罰則を望まなかった。結果的には「微罪処分」という、耳慣れない言葉で一晩だけで解放され、身元引受人として母親が迎えに来てくれた。

――社内で慎重に検討した結果、×月×日付でご連絡した採用内定を、取り消す決定がなされましたことを通知致します。

内定の決まっていた会社から、数週間前にそんなメールが届いた。

絵画棟のアトリエを覗くと、久しぶりに油絵具の匂いが鼻先をついた。なつかしくて、不意に太郎は涙ぐみそうになる。しかし感傷に浸るのもつかの間、作業をしていた他三人のゼミ生から出迎えられた。

「太郎じゃん！　もう大丈夫なの？」

「うん。ごめん、ずっと返信しなくて」

明るく答えながら、太郎は驚いていた。

アトリエが様変わりしているからだ。大型のキャンバスがずらりと並べられ、山のような課題をこなした時期とは雰囲気が異なり、ゼミ生三人はそれぞれの方向に進んでいるように感じる。濃厚な時間を過ごしたはずなのに、見知らぬところに来たようだった。

最後に描いた、イノさんのグラフィティを引用した絵は、そこだけ時が止まったみたいに片隅に置きっぱなしになっていた。

「太郎も早くプランを考えないとね」

明るく声をかけてきた和美は、以前に比べると、どこか覚悟を決めたような顔つきになっていた。化粧もうすく、ピンクに染めた髪も根本が黒くなっていて、服装も心なしか地味である。

「私さ、もう一度、映像作品をつくることにしたんだ」

「絵じゃなくて？」

「そう、やっぱりやりたいことをやって卒業しようと思って。やっと森本先生からもオーケーが出たし。このあとも、ＰＣルームに行って作業するつもり」

となりにいる詩乃も、数えきれないほどの下絵を描いているようだった。逮捕された日に食堂で話をしたのが最後だったので、はじめは気まずそうにしていたが、太郎が作品に近づくと「私もやっと方向性が定まってきた気がする」と言った。

しかし望音だけは、なにも言わず、遠巻きにこちらを見るだけだった。彼女の制作スペースには、消し跡の残る大きなキャンバスがいくつか並んでいる。あれ、卒業制作はどうしたんだろう——そう思っていると、和美から話しかけられる。

「早く準備しなよ、なんなら手伝おうか？」

「いや……じつはみんなに伝えたいことがあるんだ。森本先生にはもう話してあるんだけど、俺、自主退学することにした。今日は絵を描くためじゃなくて、そのことをみんなに言いに来たんだ」

「嘘でしょ？」

「悩んだけど、もう決めたんだ」

アトリエは静まり返る。和美は困惑した表情を浮かべ、詩乃と望音は唖然とする。

森本に退学することを話したときは、本当にそれでいいのかと一度だけ問われた。太郎が肯くと、森本はそれ以上なにも言わなかった。引き留められたり、今後のことを訊かれたりするかと思って答えを準備していたのに。

「それって、逮捕されたから？」

和美が深刻そうに訊ねる。

逮捕されたあと、両親は息子を美大に通わせたのが間違いだったとくり返した。美術なんて洗脳みたいなものだ、と。森本の教育方針についても方々から情報を仕入れたらしく、こういう勘違いしたやつのせいでお前は道を踏み外したのだと太郎を責めた。

でも本当に洗脳されていたのだろうか。

だとすれば、両親の育て方も洗脳だ。たしかに森本ゼミに入ってあそこまで追い詰められなければ、もう一度グラフィティをやろうなんて思わなかっただろうし、逮捕もされなかったかもしれない。でも同時に、自分の頭でちゃんとものを考えることも、自分のやりたいことを突き詰めて探すこともなかった。

「それだけじゃないよ。いろいろ考えて、これが一番の答えだと思ったんだ。今まで十分頑張ったから」

そうなんだ、と和美は肯く。

「太郎がよく考えて出した結論なら、いいと思うよ」

引き留めてほしかったわけではないが、あっさりした返答に太郎は拍子抜けする。そうか、前期まではもう違うんだ。それぞれの道を進みはじめている。これで完全に森本ゼミとはお別れだな、と太郎は寂しくなった。

「十分頑張った、とか言うな！」

憤った声を出したのは、望音だった。

太郎が呆気にとられていると、望音はアトリエを出て行った。

すると和美がため息をついて、説明を加える。

「じつはさ、望音もいろいろあったんだよ。一度大作を描き上げたのに、森本先生からこっぴどく否定されて、全部やり直さなくちゃいけなくなってさ。それから一枚も描けてないんだよね」

望音の筆が止まる？

太郎は一瞬詩乃と目が合ったが、構わず望音を追いかけていた。

望音は食堂の前のベンチに一人で座っていた。太郎は黙って近づき、自販機で買った紙パックのジュースを差し出す。

「……すみません、偉そうなこと言って」と望音は小さく頭を下げた。

「いいよ」

「ほんとに、辞めるんですか」

「うん」

望音は遠慮がちに、作業着を握りしめながら言う。

「うちはもっと太郎さんと一緒に頑張りたかった。同じアトリエで、最後まで絵を描いてたかった。卒業制作も、太郎さんにいろいろ見てほしかった。なのに……ほんまに諦めてしもうて、後悔せんの？」

テラス席に座っている学生のグループが、ちらちらと見てくる。そのうち一人は飲み会で同席したことのある後輩だった。

「俺さ、この一ヶ月ずっと自分を見つめ直してたんだ。それで気づいたんだけど、あの壁にグラフィティをかいたとき、久しぶりに内面から湧いてくる感動みたいなものを体験できたんだよ。ああ、俺って、みんなとここで青春を過ごしたんだなって。たぶん俺には、周囲と競争して一握りのプロの席を奪い合うよりも、俺らしく、誰かと協力して好きなことをする方が大事なんだ。でもそれって残念ながら、森本先生が目指している答えとは違うし、いわゆる『アーティスト』として食べていく才能もないんだと思う。内定も取り消されちゃったたし、けじめをつけるためにも退学しようって、自分で決めたんだ」

しばらく黙って話を聞いていた望音は、「これからどうするんじゃ」と訊ねた。

「まだ決まっていないけど、事件のあと、昔の仲間が訪ねて来てくれてさ。知らなかったんだけど、そいつは別の美大に入って、アートの文脈でグラフィティを実践しようとしているみたいで、もしよかったらまた一緒にやらないかって誘われた。またやるかは分からないけど、今までやってきたことは無駄じゃない気がしてる」

「……そっか、うまくいくとええなぁ」

望音はやっと太郎を見て、ほほ笑んだ。

「ありがとう。でもさ、望音も俺と同じで、他人の評価には縛られたくないタイプだと思ってたんだけど、どうしてそんなに頑張れるの？　卒業したあと、大学院で森本研究室に残るわけじゃないんだろ」

つぎにいつ望音と話せるか分からないので、太郎は聞いておきたかった。

望音は迷うように、手に持っていた紙パックのジュースに視線を落とした。

「じつはうち、ロイヤル・アカデミーの先生から、大学院に誘われとるんじゃ」

「ロイヤル・アカデミーって、イギリスの？」

前期がはじまった頃、アトリエにロイアカの大学院生が見学に来ていたという話を太郎は思い出す。

望音は肯く。

「でも正直、まだ迷ってる。家族にもまだ言ってなくて――」

三月上旬、ＹＰＰの審査員をつとめたロイヤル・アカデミーの教授から、望音は一通のメールを受け取った。望音は誘われるままに、春休みとＹＰＰの賞金を利用して、ロンドンを訪れた。

王立芸術院――ロイヤル・アカデミー・オブ・アーツは古めかしくて歴史を感じさせる外観でありながら、開放的で明るい雰囲気だった。美術館では豊富なコレクションの一部が無料で公開され、毎年名だたる現代アーティストも参加する「夏季展覧会」は、ロンドンの夏の風物詩として有名らしい。

さらに美術館の奥には、個性的な服装の若者たちが制作している建物があった。印象に残ったのは、付属の小さなスペースで展示されていた学生たちの作品である。

どれも素晴らしい絵ばかりで、望音は圧倒された。絵だけではなく立体やインスタレーションなど、ジャンルに囚われずに自由な発想で展開されていた。

教授から大学院生を紹介され、アカデミー内を案内してもらいながら、彼らがしっかりと自作を説明し、確固たるビジョンを持って制作をしていることに驚かされた。

——で、あなたはここで、どんな絵を描きたいの？

そう訊ねられ、望音はろくに答えられなかった。

その理由は、英語だったからだけではない。

望音はロンドンの喧騒を行き先も決めずに彷徨った。明るい未来がこの街に広がっているはずなのに、頭のなかを不安が塗りつぶす。離島出身で美術のことも日本のこともなにも知らなくて、東京でだって精一杯なのに、さまざまな人種や言語の行き交う、当たり前に自己主張を求められる大都会で、本当に自分はやっていけるのか。

とりあえず語学が留学の必要条件だったので、帰国後は参考書やオンライン英会話で勉強したけれど、根本的な迷いは消えなかった。覚悟がいまだに決まらないまま、また誰にも打ち明けられないまま、ここまで来てしまっていた。

最初に描いた島の絵が却下されたのも、今ふり返れば、その誘いによる迷いや焦りが邪魔をしたからだ。

「この美大に来たのも、本当はうちの意志じゃなかったんよ。うちはただ、絵が描ければそれでいいっていう気持ちがあって。それは島にいても、東京にいても、どこにいても同じじゃや。だったら、わざわざ海外に行く必要なんてない気もして――」

「なに言ってんの？」

いきなり太郎に一喝されて、望音は顔を上げた。

「ロイアカだよ？　マジですごいじゃん！　俺、望音が海外に行って勉強したあと、どんな絵を描くのか、めちゃくちゃ見てみたいよ」

「見てみたい？」

望音は目をぱちぱちさせながら太郎を見る。

「そう、たぶん俺だけじゃないよ。ゼミのみんなだって、荒川さんとか他科のみんなも、今の話を聞いたら、望音の絵がどんな風になるか知りたいって答えると思うよ。望音だって見てみたいと思わないの？　海外に身を置くことで『自分の絵』がどんな風に変わっていくのか」

そう言われて、はじめて望音は思い出す。

絵は自分にとって「見たい世界」を描くものだった。

でもいつのまにか、熟知した世界ばかり描くようになっていた。描くことは冒険であり旅のはずなのに、安心するために、自分を守るために、自分の殻に籠城してただただ描きやすいものばかり選んでいた。

この美大に来てから、とくに森本ゼミに入ってから、少しずつ島にいた頃の自分には描けなかったものも描けるようになったのに、あの卒業制作のプランは、それ以前の自分の自己模倣でしかなかった。

もう島から出て行かなくちゃ。

もっと広くて未知の世界に足を踏み入れなくちゃ。

望音さ、と太郎は天を仰いだ。

「へこんでる場合じゃないよ。目の前に広がってる可能性に比べたら、どれもちっぽけなことじゃん。望音が本当にいいと思う絵を描いていれば、望音が望音じゃなくなるわけないよ。だって望音には、才能があるもん」

太郎は自分の言葉に納得したようにつづける。

「うん、才能だよ。運や努力も関係するんだろうけど、生まれつき途方もない才能があるやつって、世の中にはごく稀にいると思うんだ。そういうやつは放っておいても、回り道しても、いつか絶対に花ひらく。周りには想像もつかなかったような、大輪の花を咲かせるんだよ」

才能という、実体のない言葉が望音はずっと苦手だった。

母をはじめ周囲の口から出るたび、ぴんと来なくて信じられなかった。

自分に才能があるのかどうかは分からない。でもこうして誰かに才能があると信じてもらうことが、こんなにも勇気になるのだと望音ははじめて知った。太郎の言葉が、強力なおまじないのように望音に勇気を与える。その勇気が指先に伝わり、絵を描きたいという気持ちが広がっていく。

「俺さ、望音が咲かせるその花を、いつか見られるのを今から楽しみにしてるんだ。だってその花は本人への贈り物なだけじゃなくて、結果的には周りへの贈り物でもあって、他の大勢の人の心に必ず残るものだから」

太郎は絵画棟を見上げながら言った。

「太郎さん、ありがと」

太郎と別れたあとアトリエに戻りながら、望音は不思議と痛みと耳鳴りが消えたような気がした。

12

詩乃が食堂の前を通り過ぎようとすると、太郎とシェアハウスに住んでいた子たちが、テラス席から手をふってきた。

「太郎、退学するんだって⁉」

「そう、今日太郎がアトリエに来て、本当にびっくりしてるところ」

「みんな太郎に連絡してたんだけど、まったく返事なくてさ。それでいきなりそんな噂を聞いたから、心配してるんだよね。太郎、他になにか言ってた？」

「ううん、私もほとんど話せなくて」

望音を追いかけて、アトリエを出て行った太郎のうしろ姿を思い出し、詩乃は複雑な気持ちになる。するとシェアハウスの子たちは誤解したらしく、逆に励まされた。

「詩乃ちゃんも大変だろうけど、あんまり思い詰めない方がいいよ」

「ありがとう。でも、私は大丈夫だから」

にっこりとほほ笑み、手をふって別れる。

その直後、詩乃は里見先輩に呼び止められた。

「詩乃ちゃん、少し話せる？」

他のみんなはもう食堂から離れ、校門の方に歩いているのが見える。

「どうかしました」

いつのまにか金木犀（きんもくせい）の香りはじめた風が吹き、詩乃は髪を耳にかけた。

「あのさ、ずっと聞きたかったんだけど、太郎が逮捕される前に、本人になにか言わなかった？　あの日、食堂で太郎と口論してたでしょ？　あのとき、なんで太郎が血相変えてたのかがずっと気になってて」

「そんな……急にどうしてですか」

「否定しないんだね」

「え？」

「やっぱり言ったってことか」

里見先輩の声が低くなる。

そうだ、この人のこと私、苦手なんだった。

詩乃は後ずさりしながら、シェアハウスにはじめて遊びに行ったときを思い出す。他のメンバーたちはチヤホヤしてくれたのに、里見先輩だけは傍観していた。詩乃にとっては、すべて見透かされているような居心地の悪い視線だった。

太郎は里見先輩を尊敬していたらしく、よく話題に出したけれど、詩乃はなるべく距離をとろうとシェアハウスにも滅多に寄らなかった。

「君さ、太郎のこと一度もちゃんと考えたことないでしょ」

里見先輩はまるで詩乃がどう反応するかを見定めるように、しばらく黙ってこちらを見つめた。

「俺さ、ファッションを勉強してるんだ。それって、矛盾してるかもしれないけど、人の内面に興味があるからなんだ。ファッションは内面をうつす鏡だからね。そういう俺の目には、君って薄っぺらにしかうつらないんだよ。いつも小綺麗にしてるだけで、全然自分がないっていうかさ。太郎と付き合ったのだって、あいつは絶対にアーティストになれるタイプじゃないって分かってたからだろ？　自分を無条件で支えてくれて、自分よりも下にいる男が欲しかっただけ」

「自分よりも下にいる男？　そんなわけ、ないじゃないですか。太郎が逮捕されて、私がどのくらい後悔したか……どうしてあんなこと言っちゃったんだろうって」

「あんなことってなに？」

詩乃は思わず、口元に手をやった。

「やっぱり、なんか言ったんだろ？　この際だから君に言っとくけどさ、一時期太郎のアイデアもパクってたでしょ？　なんでそんなことするわけ？　自分の作品がつくりたくて美大に来たわけじゃないってことじゃん。上っ面ばかりとりつくろってさ、アーティストになりたいか知らないけど、やってること真逆だよ。君みたいなタイプは、いっそデザイナーとか向いてるんじゃない」

「……なんでそんなこと、あなたに言われないといけないんですか」

渇いた喉から、やっと声が出た。

「ま、それもそうかもしんないけど、俺は太郎の代わりに言ったんだよ。太郎みたいないいやつから搾取して、自分だけ得してるのに、何食わぬ顔してる卑怯者って、俺にとって一番嫌いな人種だから」と言ったあと、里見先輩は踵を返した。「じゃ、言いたいこと、言わせてもらったから」

なんであんなにひどいことを言われなくちゃいけないんだろう、あの男とはもう二度と顔を合わせたくないと苛立ちながら、詩乃はアトリエに戻った。そして絵画棟四階の女子トイレで個室に入ったとき、こんな話し声が聞こえてきた。

「ねぇ、四年生の先輩が一人、入院しちゃったらしいよ」

「知ってる、すごい頑張ってた人でしょ」

「かわいそうだよね。やっぱり四年間の集大成とか、将来食べていけるチャンスの分かれ目とかって思うと、すごいプレッシャーなんだろうね。ほら、森本ゼミの先輩たちとかもめっちゃ大変そうじゃん」

詩乃は息を詰めた。声から判断して、同じ油画科にいる後輩の女子二人だった。詩乃がいるのは入り口からは死角になった一番奥の個室なので、他に誰もいないと思い込んでいるようだ。

「ねー、とくに太郎さんが逮捕されてから、アトリエの空気も超悪くなって、空中分解してるもんね」

「そういえば、知ってる？　望音さんの噂」

「なに、噂って」

「聞いたら絶対びっくりするよ。望音さんって、ロイヤル・アカデミーに留学することになってるらしい」

想像もしなかった話の展開に、詩乃は「えっ」という声を小さく漏らす。

「なにそれ、やばくない？　誰から聞いたの」

「他科の子。望音さんと太郎さんがそのことを話してるの、たまたま聞いてたらしいよ。ＹＰＰの受賞といい、天才だよねー」

「めっちゃそれな！」と言って、声は笑った。

「このあいだ、助手さんと飲んだときに聞いたんだけど、森本先生ってすごい望音さんに期待してるらしくて、学年トップだった詩乃さんをゼミに入れたのも、望音さんのやる気を引き出すためだったんだって」

「当て馬ってこと？　うわっ、エグー」

ポーチを握りしめる手に、力がこもった。

「詩乃さんってプライド高いから、自分が利用されたなんて知ったら、立ち直れなくなりそう」

望音がロイアカに留学するという事実以上に、じつは森本に利用されていたというくだりに心が引き裂かれる。

「でも森本先生って、なにするか分かんなくて怖いよね。火事の犯人も、ほんとは森本先生なんだってさ。先輩が助手さんから聞いたらしい。その年で一番才能があるって言われてた人を潰すために火を点けたって」

「こわっ！　森本ゼミなんか絶対行きたくない」

笑い声が遠のく。一人きりになっても詩乃は出て行けない。静けさのなかで換気扇の音がうるさく、耳が痛いほどだった。

帰りの電車のなかで、詩乃はバッグの底からスマホを出す。太郎が逮捕されてから忙しく、SNSも画像検索もチェックする余裕がなかったうえ、プランが通ってからは集中するために自らスマホをいじるのを封印していた。

しばらく見ないうちに、非公式で授業評価が集められたアカウントには、真新しいコメントが掃除されないゴミのように溜まっていた。

【才能のある学生を育てるために、Mは捨て駒を投入したようだが、その捨て駒がかわいそうすぎる（笑）。そして才能のある学生の近くにいるだけで、その捨て駒は自分にも才能があると勘違いしているようだ。】

【頑張ってるアピールしてばっかりで、周りに呆れられてることに気づかないやつ、痛くて見てられない。いい加減、気づけよ。プライドばっかり高くて、自分だけは違うんですという感、どうにかしてほしい。】

【オレだったら、著作権侵害で訴える。他人のアイデア盗むなんて、マジであり得ない。パクられた方が気の毒すぎる。あの事件も、全部あいつのせいなんじゃねぇの。】

読みたくないのに目が離せず、自分が二つに分離していくような心地がした。スマホで投稿を見ている自分を、客観的に見ているもう一人の自分がいる。手は冷たいのに、べったりと汗をかいていた。

——君って薄っぺらにしかうつらないんだよ。いつも小綺麗にしてるだけで、全然自分がないっていうかさ。

全部事実だった。ツイートを流すときも「あの子は違う」「頑張ってる」と思われるようにいつも狙っていた。そういうところ全部バレてたんだ。太郎を追い詰めたのは私だって、みんな見抜いてるんだ。

スマホが床に落ちたが、詩乃はかまわず顔を覆った。

「ご飯できたから、食べに下りてきたら？」

かすかに開いたドアから光が漏れ、母の声がした。

ここ数日、大学にも行かずに部屋にこもりっぱなしで、さすがに心配されている。

「いい。お父さんは？」と詩乃は身体を起こさずに答える。

「今日は外で食べて来るから、遅くなるって」と言いながら、母は部屋のなかに入って勉強机の椅子に腰を下ろした。「ねぇ、詩乃。そんなにつらいなら、今から就活するっていう選択肢もあるんじゃないかしら」

——いっそデザイナーとか向いてるんじゃない。

詩乃は目を逸らす。

本棚には昔から愛読している絵画技法の教科書が並んでいるが、今の自分に答えをくれる本は一冊もない。

母は宥めるようにつづける。

「お母さんも曲がりなりにも美大出身者だから言わせてもらうけど、プロになってお金を稼ぐために作品をつくる人より、お金にならなくても自分のために作品をつくる人の方が細くても長くつづけてるし、そういう人の方が幸せに見える。結果的には成功することもあるのよ。それに往々にして、そういう人の方が幸せに見える。逆に、のし上がることにこだわってばかりの人は、気づいたら引くに引けなくなって意地になるしかない。お父さんだって、そうでしょう？」

どういうこと、と詩乃は眉をひそめた。

「お父さんはたしかに若い頃は、『十年に一人の逸材』って言われてチヤホヤされたけど、今お父さんの名前を知ってる人がどのくらいいる？　お父さんが森本先生のことを『あいつは駄目だ』とか『実力がない』とか批判するのも、東京美大教授までのぼりつめた森本先生への嫉妬があるからじゃない？　お父さんみたいな人は、残念だけど美術の世界には大勢いるのよ」

母は歪んだ笑みを浮かべたあと、「だからね、詩乃」と訴えかける。

「才能っていうのは、水ものなのよ。他人や世の中からの評価を自己評価と重ねている限り、一時は評価されたとしてもすぐに時代遅れになってしまう。お父さんを反面教師にして、自分のために絵を描く道を歩んでみたら――」

「待ってよ！」

詩乃は頭を整理しながらつづける。「お母さんは、お父さんには才能がなかったって思ってるの？　だったら、私はなんのために今まで頑張ってきたのよ！　お父さんに認められたくて必死にやってきたのに、お父さんの方こそ偽物だったたって言うの？」

同情するような目で見ながら、母はため息をついた。

「お父さんにそっくりね、その考え方も」

部屋をノックする音が聞こえたのは、そのときだった。

現れたのは、父である。

「近所迷惑だろう」

面倒くさそうな声で言ったあと、母娘がただならぬ空気を漂わせていることに、やっと父は気がついたようだ。

「……どうしたんだ？」

「飲み会だったんじゃないの」と母はぎこちなく訊ねる。

「早めに終わったんだ。誰もいないと思ったら、驚いたじゃないか」

母が父に呆れていることには、薄々気がついていた。父が過去の栄光にしがみつくように当時のエピソードを話題にするたび、母の機嫌は少し悪くなるからだ。世間的に見れば、芸術家を支える献身的な妻。でも内実は違う。全然違う。

「今ね、お父さんのこと話してたの」

落ち着け。もう一人の自分が言う。

でも止まらない。

「お母さんね、お父さんのことを反面教師にしなさいって。お父さんは過去の栄光にいつまでもすがってる、残念な人だからって」

なにかが壊れる音がした。

あれは小学校低学年のときだった。通っていた絵画教室で、詩乃は褒め上手な先生が好きだったのに、その授業に見学に来ていた父が「そんな教え方じゃ全然駄目だ」と怒り出し、強制的に教室を変えさせた。

高校生になった頃、詩乃は家で絵を描かなくなった。父に、理想とはかけ離れたものを見るような目を向けられるからだ。その目が怖くて、詩乃は本当に好きなものを描かなくなった。自分を偽った絵にその目を向けられる方が、まだ耐えられる。どうせこれは本当の私じゃない、と。

「全部、あんたのせいなんだから！」

詩乃は父を見据えて、そう叫んだ。

「この家に生まれた時点で、美術の道に進むしかなかった。できることなら、他の家の子に生まれたかったよ」

「待ちなさい、詩乃……美術系高校に進んだのも、美大に進んだのも、全部お前の意志だろう」

反抗期さえほぼなかった娘が、こんな風に肩を上下させ、感情を露わにしていること自体が、父には信じられないようだった。

「でもいつだって、私を認めてくれなかったよね」

自分のために作品をつくる方が幸せだと母は言ったけれど、いつのまにか詩乃はどうすれば自分のために描けるのか分からなくなっていた。というより、絵筆を持たされた頃から、純粋に自分のためだけに描いた絵が一枚でもあっただろうか。

――このくらい描けて当然だ。

――お前ならもっとうまく描けるだろう。

全部、父に認められるため。

誰かに認められるためだった。

「芸術なんて、人を不幸にするだけじゃん」

なぜか笑みが浮かんだ。

深呼吸をしたあとコートを摑んで、部屋を出て行く。

「どこ行くの？」

「……外の空気吸ってくる」

つづけてなにか言われた気がしたが、もう耳には入らなかった。


冬の夜の澄んだ空気を肺いっぱいに吸い込んでも、詩乃の気持ちは当然晴れなかった。

改札を抜けて、いつものホームに立つ。仕事帰りの大人で混雑した下りの線とは対照的に、乗り込んだ車内はがら空きだった。

家以外の行き場といえば、ひとつしか思いつかない。

先月から二十四時間開放されたアトリエは、部分的に電気が点いているものの無人だった。数日休んでいたあいだに、アトリエは他のゼミ生の絵画の存在感で満たされていた。まるで空間自体が息をひそめ、呼吸し、日の目を見ることを待ち焦がれているような、ただならぬ気配だった。

その気配の中心にあるのは、望音の絵画群だった。

信じられない枚数のキャンバスとスケッチが散らばっていて、それらは描き直しを命じられた「島」をモチーフにした前作とは趣を異にする、「人」を描いたまったく新しいポートレイト群だった。

身長より大きなキャンバスにあえて一人だけを表現したもの、対して1号に近い大きさを意味するサムホールに複数人をおさめたもの。女に男、子どもに老人、全身に胸像。見覚えのある人物もいる。とくに穏やかな浜辺に並んで佇む、母娘らしき大作に心が震える。また草間をはじめ、古今東西の巨匠の肖像画も、制作途中だが目を引かれた。

望音は「人」に興味がないのだ、と詩乃は今まで思っていた。SNSもせず、周囲の評価も気にしないからだ。

まさか、こんなにも生き生きと「人」を描写する力があったなんて。目の前に描かれた「人」たちには、きちんと個々の人生や感情があり、ただの顔なのに、その奥には喜びや悲しみ、苦悩や安穏などさまざまな背景が絡み合う。

そんな奥行きがあるのは、彼女が「自分の表現」を追求しているからだ。似せることに主眼を置かず、絵具の存在感を残すこと。

そう、色使いだ――。

赤を赤としてではなく、あえて青にすることで別の赤を表現するような、誰にも真似できない大胆さと奔放さ。たしかに「人」を描いてはいるけれど、遠目に見ると画面上での色のハーモニーが際立って、具象画でありながら抽象画のようでもある。

この子は、本当に楽しそうに描く。

もっと描きたい、もっといい絵にしたいというわくわく感が、見る方にまで伝わる。技術よりも野心よりも、描くことの喜びと情熱に溢れている。しかもこれは道半ばで、完成に向かってさらに進化する。

――天才だよねー。

トイレで耳にした会話が頭をよぎる。

それに比べて、私はなに？

なぜ自分が森本ゼミに呼ばれたのか、詩乃はずっと疑問に感じていた。だからあの噂を聞いて、腑に落ちることばかりだった。さまざまな面で望音とは対照的だから、彼女の闘争心を煽るために、このゼミに入れられたのだ。

森本は私になにも期待していなかった。

ただ利用するためだけの、「捨て駒」だった。

足元が崩壊して、奈落の底に落ちていく気がした。

怖くなって下を見ると、百円ライターが目に入る。

誰かが置き忘れたそのライターを、詩乃は拾い上げ、望音の絵に一歩ずつ近づく。

これさえなければ。

この絵さえなければ、卒制の首席をとれるのに。

この子さえいなければ、太郎にあんなひどいことは言わなかったのに。

空調の切られた夜のアトリエは寒くて、世界に自分一人しか存在しないんじゃないかというくらい静かだった。

詩乃は絵に近づく。

カチッと音がした。

この絵が黒く激しい猛炎に包まれるところが目に浮かぶ。炎はこちらを見つめる「人」を残らず消し去るだけではなく、このアトリエを、いや、この大学全部を隅々まで焼き尽くすかもしれない。

そうすれば、自分は楽になるだろうか。

そうすれば、今抱えているすべての苦しみは消えるだろうか。

しかし――一度描き終えた「島」の絵を泣きながら全消ししたり、太郎のことで真剣に怒っていた望音の姿――嫉妬しているのに感動せずにはいられない自分の心――さまざまなことが断片的に頭のなかを駆け巡り、詩乃はそれ以上動けない。

どのくらいそうやって立っていただろう。

「あれ？」

急に声がした。

ふり返ると、望音がいた。

ドアの近くに立って、驚いた顔でこちらを見ている。いつもの汚れた作業着姿で、画材を洗っていたらしく手には筆やパレットを入れたバケツを持っている。望音は口をかすかに開けて、詩乃の手元に視線をやった。

詩乃は一瞬にしてわれに返り、慌ててそれを背後に隠す。

「ごめんごめん」と必死に声を絞り出す。「あ、あのさー、あのー、忘れ物、そう、忘れ物をとりに来ただけだったんだけど、ついさ、望音の絵に見惚れちゃってて。すっごい進んだね、ほんと、すごい頑張ってるよね。じゃ、私帰るから、なんか、邪魔しちゃってごめんねー」

自分のスペースに行き、転がっていた紙袋を手に持つ。ゴミを入れていた紙袋だが、追及されなかった。

「……他人を蹴落としても、『自分の絵』が描けるわけじゃないですよ」

鋭い声が飛んできたのは、アトリエを出ようとしたときだ。

全身が粟立ち、足が動かなくなる。

やっぱり気づかれてたんだ。

ゆっくりとふり向くと、望音がこちらを睨んでいた。

「いくら他人を蹴落としたからって、自分が前進できるわけじゃない。ただそう錯覚してるだけ。そんな当たり前のこと、いい加減、気づいたらどうですか。そんな風に生きとったら、周りから誰もいなくなるだけじゃないですか」

詩乃には、返す言葉がない。

こちらを睨む望音の目は、どこまでもまっすぐだ。

「たとえこの絵がなくなっても、また誰かの新しい絵が許せんくなる。たとえうちがいなくなっても、また別の誰かが気になって仕方のうなる。その心が満たされることはないんじゃや。そんなん、つらくないですか？　他でもない、あんたが」

望音は一瞬たりとも、詩乃から目を逸らさなかった。

詩乃は息をするのも忘れていた。

いいですよ、と望音は呟いた。

「燃やしていいですよ」

「……え？」

「燃やしたところで、なんも生まれん、満たされるのはあんたのエゴだけじゃ。それでも燃やして気が済むなら、やりゃあええわ。あんたに燃やされたとしても、うちはまた新しいのを描くだけじゃ。這ってでも、うちは負けんで」

ごくり、と喉が鳴った。

「な……なに言ってんの」とかろうじて答える。

「手に持ってるものがなにか、こっちは分かっとるんじゃ。あんたがしようとしてたこと全部。ここにはうちの絵だけじゃのうて、和美さんや、油画科のみんなの絵がある。そんでも燃やすっていうなら、今すぐやりゃぁいい。証人として、うちが見届けるわ。でもな」

そこまで言うと、望音は深呼吸をした。

詩乃は立っているだけで精一杯だった。

「でもな、これだけは言わせてもらいます」

望音は眉を寄せると、小さい体で一息に言い放った。

「芸術は他人との闘いなんかじゃない。親も、周りも、関係ねぇんじゃ。自分のためにやるもんじゃろ」

その言葉ほど、今の詩乃の心に深く突き刺さるものはなかった。いつから後戻りできなくなったんだろう。ぎりぎりのところで持ちこたえていた感情が溢れ、なす術がなくなる。その場に崩れ落ちるように手をつくと、詩乃は声をふりしぼって泣いた。

*

【「芸術」のために、お前逮捕されてこい！　アカハラまみれの壮絶なアトリエ】

そんな見出しの記事が出された週末、ハラスメント委員会が開かれた。油画科からは西が代表者として出席した。他にも全科から一人ずつ選ばれたハラスメント委員十数名、理事や学部長といった顔ぶれが揃った。

記事は「関係者」だという何人かに取材して書かれたという。森本の度の過ぎた教育方針と、それを黙認した大学側への批判が主旨である。森本については、「美術教育の闇が生んだアカハラ教授」と結論づけていた。

「森本先生は事実関係を否定していますが、大学としては、同じような被害者を出さないように、他のゼミ生を対象に、ハラスメント委員による調査を行ない、今後のことを考えたいと思っています」

学内外からの問い合わせに対応しているハラスメント委員長は、疲れた顔で言った。西はアカハラに該当する項目が列挙されたプリントに目を通しながら、五年前に起こったという森本ゼミのボヤ騒ぎについて、もっと情報を集めなければと思った。

委員会が終わって絵画棟に戻ると、西は廊下で可瀬とばったり会った。可瀬は近々行なわれる自らの個展の準備で忙しいらしく、絵具で汚れたトレーナーにジーンズという服装で、雷に打たれたようなぼさぼさの頭である。

「森本さんの調査ですか？」

「ええ、まぁ」

「お忙しいのに、大変ですね」

含みのある言い方で、可瀬は言った。

「ところで、可瀬先生って五年前、ボヤ騒ぎがあったときに、現場にいらっしゃったんですってね」

「そうですけど」

「詳しくお話聞かせていただけませんか」

「いやー、関わりたくないいんだけどな」

「そう言わずに」

「委員会として調べてるんですか」

「追って調査が入ると思いますが、これは個人的な興味でもあって」

少し考えるように西を見たあと、可瀬は「いいですよ」と答えた。

「立ち話もなんなので、うちの研究室でお茶でもいかがですか」

可瀬研究室は足の踏み場がないほど、自身の作品で散らかっていた。

——可瀬先生は、教え方が分からないんですよ。

学生からそんな話を聞いたこともある。学生のことに執着しすぎる森本も問題だが、逆になにも教えず、自分の得になることしかさせない方針もアカハラに当てはまる。カップを手渡された西は「それで？」と話のつづきを促した。

「えーっと、だいたい夜の九時くらいでしたかね……今みたいに卒業制作の提出が近い時期で、アトリエは二十四時間開放されていました。僕は個展前で研究室に遅くまで残っていて、学生が大慌てで呼びに来たんですよ、作品が燃えてますってね。幸い、居合わせた別の学生が消火器の扱い方を訓練していた子だったので、僕が見に行ったときにはもう消火作業が終わって、大事には至りませんでした。でもご存知の通り、森本ゼミの一人の作品が取り返しのつかないくらい燃えてしまいました。本人は茫然自失というのか、事情を訊いてもなにも話せない状態でした」

「いったい誰がそんなことを？」

「それが、誰も悪くはなかったんです。その後の調べで、暖房器具に引火性の高い画材を近づけたことによる発火だと分かりました」

「つまり、事故だったと？」

拍子抜けして、西の声は大きくなった。

「そう。卒展の間際という悪すぎるタイミングだったので、噂に尾ひれがついて、放火事件だとか、ノイローゼになっただとか、いろんな風に誤解されていますが、真相は単なる事故だったんですよ。作品が燃えてしまった学生は立ち直れないくらいショックを受けていました。四年間の集大成となる大作が一瞬で灰になったわけですから、無理もありません。当時も森本ゼミの学生は四人で、作品が燃えたのはわけても『才能がある』と周囲から期待されていた男子学生でした。森本さんは彼の才能を見込んで、ゼミに呼んだんです。当時から厳しい先生として有名でしたが、どうしても『自分の絵』に自信を持てなかった彼のことを、親身になって指導していました」

「でも作品が燃えてしまったわけですね」

「そうです。作品が燃えたあと、森本さんは彼のことをそれまで通り激励し、また描けばいいじゃないか、これが最後の一枚でもないし君には十分な才能があるんだから、そんなに落ち込む必要はない、気にするなと言ってました。でもその言葉は、彼の心には届かなかった。むしろ彼にとっては、死ぬ気で描いた一枚を『また描けばいい。気にするな』なんて簡単に言われて、深く傷ついたようですね。

彼はうつ病を患って入院しました。そんな状況で新しい絵も進まず、卒業もできませんでした。今では田舎に戻って療養していて、絵筆はとっていないそうです。傷ついたのは、おそらく森本さんも同じだったんでしょう。自分が手塩にかけたはずの才能が、いとも簡単に潰れてしまったわけですから。

森本さんが今のように常軌を逸して厳しくなったのは、事件のあとです。期待をかけて育てた学生たちが、結局芽の出ないまま筆を折ってしまうことに、以前から精神をすり減らしている様子でしたから、なにがあっても折れない強い心を育てるために、理詰めで学生の作品を否定するようになり、どんどんエスカレートしていった」

西は言葉を失っていた。

学生にかける過度なプレッシャーも、その程度の絵しか描けないなら諦めろという口癖も、すべてそうした理由があったのか。

「……でも森本先生の指導は行きすぎですし、誰かが止めないと」

「たしかに物事には限度があります。ただね、美術教育っていうのは本当に難しいものですよ。生半可に教えようとしても、薄っぺらくなる。今みたいに、真理の探究がしづらくなった忙しい世の中では、とくにね。たとえ突き詰めても、突き詰めるほどに不条理で残酷なものだし。それは西さんもよくご存知でしょう。見回してみれば、才能のなさに打ちのめされた卒業生たちの死屍累々じゃない？」

可瀬は窓に寄って、淡々とつづける。

「僕はそれを直視するのが怖くて、俺の背中で学べばいいと言い張ってるけど、言い方を換えれば、それは単なる逃げです。あるいは、学生には愚かな夢に縛られるのでなく、無難に食べていける道を勧めた方がまともかもしれない。まさに西さんのやり方みたいにね。でも森本さんは、どちらとも違いますよ。なんとしてでも自分だけの方角を、自分だけの歩き方で見つけさせようとしていた」

森本の言うことなら、どんなに強引な内容であっても、他の教授たちが素直に聞き入れていたことを、西は改めてふり返る。

「事実、この大学で学生の才能を見抜こう、本気で育てようとしているのは、森本さんだけですよ。アカハラだのパワハラだの線引きをして断罪するのは簡単ですよ、そりゃもう、守ることよりずっとね」

西がなにも言えずにいると、可瀬は「お忙しいのに、引き留めちゃってすみませんね」とおどけた調子で笑った。

可瀬研究室をあとにして、西は森本ゼミのアトリエの前を通り過ぎる。少し開いたドアの向こうでは、汐田望音と中尾和美の二人のゼミ生が真剣な表情でキャンバスに向かっていた。思い返せば、学校に登校しなくなることの多い四年生にもかかわらず、森本ゼミのアトリエには必ず学生がいた。


その足で、助手の高橋の作業場に向かった。可瀬から事実を教えられた以上、どうしても訊いておかねばならない。ノックをして「ちょっといいかな」と声をかけると、高橋はいつか西がまた作業場に来ることを予想していたのか、おどおどしながらも「どうぞ」と素直に受け入れた。

「たった今、可瀬先生から火事の話を聞いたよ」

室内にはこのあいだ森本から駄目出しされていた絵が置かれていて、まだ懲りずに手を入れているのかと西は内心呆れる。やっぱりこの助手は、森本の言うことをまったく信頼していないじゃないか、と。

廊下に誰もいないのを確認してから、西は小声で訊ねる。

「どうしてあんな嘘をついた？　火事の犯人は森本先生じゃない。ただの事故だった。君は事実を知っていながら、僕にずっとそのことを黙っていた。どうしてだ？　それほど森本先生を恨んでいたのか」

「ち、違いますよ」と言って高橋は西に背中を向け、しばらく黙り込んだあと、ぼそりと呟いた。「今年のゼミをただ無茶苦茶にしてやりたかった、それだけです」

高橋の背中はかすかに震えている。

「気に食わない学生がいたんですよ」

「もしかして」

「ええ、汐田望音です。僕、ＹＰＰ賞の運営組織とつながりがあって、わりと最初の段階で聞いちゃってたんです。あいつがロイアカから留学しないかって誘われてるって。ロイアカですよ、ロイアカ。僕なんかからしたら、一生縁のないような場所です」

高橋は声を荒らげてふり返ったが、一瞬廊下の方を見て、ふたたび声の音量を落とした。

「それ以来、どういうわけかあいつの絵を見るたびに、悔しくて悔しくて、気が狂いそうになるくらいムカついて。森本ゼミを卒業できなくすれば、あいつの将来も壊せるんじゃないかってふと思いついたんです」

大きな勘違いをしていたことに、西はやっと気がつく。助手は森本を破滅させようとしていたのではなく、森本ゼミを混乱に陥れることによって間接的に望音を傷つけようとしただけだった。しかも、くだらない逆恨みで。

「今僕のこと、卑劣だと思ったでしょう？　でもこの世界にいると、嫌になることばっかだと思いませんか？　詩乃ちゃんとか太郎くんみたいに、一般的には人付き合いもできて社会のどこ行っても通用する人材が、ただ芸術の世界では、そういうものがまったく役に立たない。逆に、才能さえ秀でていれば、それだけですべてが許されて無敵なやつがいる。それこそ、汐田望音みたいにね。その理不尽さ、やり切れなさに僕は耐えられなくなってきたんですよ」

最後の方は、西の存在も忘れてしまったような激しい口調だった。

「どれだけ努力しても、結局は関係ないんです。才能っていう、その一点だけにはどうやっても歯が立たない」

「だったらやめればいいじゃないか」と西は静かに言った。

「やめてますよ、やめられるものなら！」

高橋は唾を飛ばしながら言い、自らを鎮めるように深呼吸した。「分かってるんですよ、自分の絵がどれだけつまらなくて全然ダメか、そんなこと自分が一番よく分かってる。でもこれだけは言わせてください。まさか、こんな収拾がつかなくなるとは……森本先生にはほんとに申し訳なく、恩を仇で返すような真似をしたなって、それはほんとに思います」

「汐田さんに対しては？」

返事はなかった。

西は目を逸らし、高橋の肩にぽんと手を置いたが、自分は教える立場にいるのに、こういうときにかけるべき言葉をなんら持たないことを、はじめて省みた。

13

呼び出された会議室には、三人の職員が座っていた。いずれも見たことがない職員だった。彼らは森本の指導方法を調査していると説明すると、太郎が逮捕された当日にあったことをはじめ、一年間にゼミで出された課題、講評会で言われたことを訊ねた。

詩乃は言葉を選びながら、事実を述べる。

「話をまとめると、学生に食事を禁止するような肉体的かつ精神的に負荷の大きい課題を与えたり、講評会でも毎回順位をつけるなどして、過度なプレッシャーをかけていたということですね？」

そう確認されると、急に事実とは違って聞こえ、詩乃は肯くのを躊躇する。

別の職員の一人が言った。

「森本先生の指導法については、以前から大学側で賛否が分かれていて、君たちが正直に話してくれることで、将来多くの学生が守られることになるんだよ。森本先生を救いたい気持ちは分かるけれど、まずは自分たちのことを救うんだ」

その瞬間、栓を抜いたように調査に協力する意欲が失せた。ここに呼ばれるまで、森本に裏切られた気持ちでいた詩乃は、追い詰められたことを洗いざらい話すつもりだったが、個人を集団で排除しようとする構図が見てとれたからだ。

詩乃はもうそんな風に、誰かの上に立つことで優越感を抱くのは終わりにしたかった。

アトリエに戻ると、和美にどうだったかと訊ねられた。

なにも話さなかったのは和美も同じらしい。

「最初のうちは、森本先生に言われて傷ついたこととか、頭に浮かんだんだけど、考えれば考えるほど間違ってなくて、論破できなかったのを思い出したんだよね」

そうだよね、と詩乃は肯く。

「週刊誌にリークしたの、太郎の両親なんだって」

「え、嘘でしょ？」

「詩乃が休んでるあいだに、太郎がアトリエに来て、申し訳なさそうに言ってた。でも太郎にはどうしようもなかったんだと思う。彼も彼なりに、一歩踏み出そうとしてるみたいだったからさ」

「そうなんだ……そういえば、望音は？」

アトリエからは望音のキャンバスや画材がごっそりとなくなっていて、空間の密度がずいぶんとうすまっている。あの夜からはじめての登校で、詩乃は望音になんと話しかけるべきかと思い巡らせていたので、拍子抜けしていた。

「集中したいから、家で制作するんだって」

もう絵を燃やされたくないと思ったのだろうか、と詩乃は自虐的に思う。

しかし意外にも、望音は和美になにも話していないらしい。

繁華街に面した駅の出口付近は、冬の寒さにもかかわらず活気に満ちていた。まっすぐ家に帰る気にはなれない詩乃は、駅前の喧騒を行き先もなく彷徨った。いっそ道に迷ってしまいたいのに、どこになんの店があるか、脳は裏道まで全部把握してしまっている。

仕方なく大通りに出て、ガードレールにもたれかかった。

あの夜から、一筆も進んでいない。

本当は一分一秒を惜しんで作業を進めないと間に合わないのに、筆をとる気がまったく起こらず、イーゼルの前に座るのも億劫(おっくう)だった。

全部、どうでもよく思えるのだ。

ずっと芸術の世界で生き残りたい、認められたい、今まで私を認めなかった人たち全員を見返してやりたい、と思っていた。でも私の代わりに、本当の意味で私を評価できる他人なんて存在しない。

白旗を上げれば、悔しくはなかった。ただもうすべてリセットしたかった。勘違いをしていた自分、周りとは違うと思い込んでいた自分を、リセットしてしまいたかった。

もう諦めようかな。

それにしても、なぜ絵具をくれたんだろう？

あの夜、立ち上がることもできなかった詩乃に、望音はぼそりと言った。

——猪上さん、お守りとかありますか。

なんのことを言っているのか、さっぱり分からなかった。

詩乃は嗚咽を漏らしながら、首を左右にふった。

すると、なにかを差し出された。

——これ、あげます。

望音の小さな手から受け取ったのは、一本のチューブ絵具だった。

バッグのポケットに入れていた絵具を、詩乃は取り出す。スカーレット・バーミリオン。使いかけらしく、端の方に他の色の絵具が付着しひしゃげている。あなたの絵に使ってくださいという意味だったのか、それとも本当に「お守り」なのか。

たしかに絵具って、昔は宝物だったかもな、と詩乃は天を仰ぐ。

長いあいだ忘れていたが、パレットも筆もうまく使いこなせなかった頃、絵具という存在そのものが大好きで、新しい色が手に入るだけで幸せだった。母に可愛いお菓子の缶をもらい、大切にコレクションしたものだ。

でもいつのまにか、絵具は単なる「道具」になっていた。

「あら、詩乃ちゃん？」

顔を上げると、一人の中年女性が息を白くして立っていた。居酒屋〈すけっち〉の店主マダムである。「今から帰り？　毎日お疲れ様」とマダムは詩乃の顔を見ると、驚いたように「なにかあったの」と訊ねた。

「いえ、ちょっと息抜きしてて」

小さな声で適当に嘘をつくと、マダムは腕時計を見てから「そうなの。外じゃ寒いから、うちの店にいらっしゃいな。ご馳走してあげるから」と言った。

〈すけっち〉は定休日だったらしく、薄暗く片付いていた。しかしお休みなのに誘ってくれたマダムの気遣いも、今の詩乃には感謝する余裕すらない。詩乃はカウンター席に腰を下ろして、マダムが酒瓶の並ぶテーブルの向こうで、うすめのお湯割りをつくってくれるのをぼんやり眺めた。

「ゆっくりしていってね」

そう言って、マダムはグラスを目の前に置いた。手が荒れている。何度も通っていた店なのに、ちゃんとマダムの手を観察するのははじめてだった。

「詩乃ちゃんのこと誘ったのはね、一度ちゃんとお礼を言いたかったからなの」

「え、お礼？」

「このお店、数年前に閉めようと思ってたんだけど、なにかを成し遂げようとしている純粋なあなたたちの姿を見てると、なんだか勇気をもらえたから」

ああ、と思った。

マダムは励まそうとしてくれてるんだ。たぶん今の私はひどい顔をしていて、声をかけずにはいられなかったんだ。普段からマダムは目が回りそうに忙しく〈すけっち〉を切り盛りしながら、学生の一人ひとりのことをさり気なく観察しているのかもしれない。

「だから頑張って」

詩乃はそれまでの自分が思っていたことを後悔した。この人は作品をつくるわけじゃないから呑気でいいなとか、暇だからお節介なんだろうとか、いったい何様だ？　いつのまに人間性を失ってしまったんだろう。このお店ひとつ営業していくのがどれだけ大変か、なにも分かっていないくせに。

「違うんです」と詩乃はうつむく。「私なんか、全然純粋じゃありません。本当は絵を描くことも楽しくないし、周りにどう思われてるかとか、他人と比べてばっかりで、夜も眠れないくらい怖いんです」

マダムは驚いたように詩乃を見ている。

詩乃はもう、吐き出さずにはいられなかった。

「自分に自信がないから、他人を下に見ることで、プライドを保たないと頑張れない。だから心のなかで馬鹿にして、自分はまだましだと思おうとしてしまう。悩んでることも、いい絵が描けないとか、そういうことじゃなくて、誰かに言われたこととか、誰かと比べちゃうからなんです。あの子さえいなければ、もっと楽しく描けたのにって。ほんと最悪ですよね……」

だんだん呼吸が苦しくなり、途切れ途切れになる。

あの夜、私が犯そうとした罪は、簡単に償えるレベルじゃない。本当に、私はなんてことをしようとしたんだろう。

しばらく黙って耳を傾けていたマダムは、ひとつ深呼吸すると「あなた、まだ二十歳そこそこでしょう？」と言った。

「若いんだから、間違えたり、人と比べたりって当たり前じゃない。私は素人だけど、学園祭であなたの絵を見たとき、他人の心を動かす力があるんだなって思ったわよ。誰かが本気で取り組んだものって、絵に限らず、料理だってスポーツだって、きっと誰かの背中を押すものじゃない？　明日も頑張って生きようって。だからうちの店の子たちもみんな、作品を見るのを楽しみにしてるの」

「……そうですか」

「ええ、森本先生も言ってたわよ」

意外な名前が出てきて、詩乃は顔を上げた。

「昔一度だけだったけど、森本先生が卒業生とうちに飲みに来てくださったことがあってね。そのとき、少なくとも自分の教え子だけはなんとかするのが、私の仕事なんですって言ってた。だからきっと、あなたも大丈夫よ」

あの、森本先生が？

喉が詰まって、声が出なくなる。

「つらくなったら、いつでもお店にいらっしゃい」

店を出たあと、詩乃は袖でぎゅっと涙を拭いた。

やっぱり前に進むしかない。他でもなく自分に勝つために。このまま立ち止まっていたら、私は一生自分には勝てない。卒業制作ではなんとしても、私は私に勝たなくちゃいけない。拳のなかには、あの絵具があった。

＊

目が覚めた瞬間、望音はなにかがおかしいと思った。

水底で寝ていたような不可解な感覚があって、寒気に襲われる。でもいつもの発熱とは違う。視線をすべらせると、カーテンの隙間から見慣れた家々の屋根が目にうつるけれど、やはり違和感がある。

起き上がったとたん、天地がひっくり返ったみたいな、激しい眩暈がした。そしてやっと気がつく。耳が聞こえなくなっている。両耳を手で覆ったり開いたりするが、耳栓をしたみたいに、なにも聞こえない。耳鳴りさえも。

真っ先に、望音は壁に立てかけられた四枚の１００号キャンバスを見た。

あと十日間しかないのに！

せっかくここまで到達して、最後に倒れるなんて最悪だ。

慌ててスマホを摑んで「とつぜん　耳が聞こえない」でネット検索すると、突発性難聴というキーワードがずらりと並んだ。

ひとつずつサイトを開いて、ざっと目を通す。それぞれ違う部分もあるけれど、いくつか共通することもあった。

たとえば突発性難聴は自然治癒しないもので、一刻も早く治療を必要とするという点。しかし推奨される治療開始時期については、一週間以内という意見もあれば、四十八時間を過ぎると治らない可能性が極めて高くなるといった警告もあった。

そしてもうひとつ共通する文句に、望音は恐怖で固まった。治療したとしても必ず治るとは限らないという点。発症者のうち数割は聴力が戻らず、治療開始が遅れるほど治らない確率は高くなるらしい。そこまで読んで、望音はスマホを置いた。

治らないということは、一生耳が聞こえなくなるかもしれないということだ。

もう波の音も、大好きなラジオも、誰かの声も聞けなくなる。

今すぐ病院に行かなくちゃ。

そう分かっていながら、望音は躊躇する。病院に行ったら、間違いなく長時間の検査のために拘束されて、あの四枚の１００号を仕上げることはできなくなる。たとえ妥協してできる範囲で形にしたとしても、自分に嘘をつかずに合格点を与えることはできないだろう。

妥協するか、または覚悟するか。

望音は息をいっぱいに吸い込み、四枚のキャンバスを睨んだ。

この数週間、望音は自分を生かしてくれた、ある四人の芸術家たちの、本当の姿と出会えかけていた。

そこに至るまで、長い道のりだった。

人を描こうと思ったきっかけは、イギリスでは肖像画がひとつの主要なジャンルを成していることに気がついたからだ。ロイヤル・アカデミーの美術館にも多く展示されていたし、ロンドン市内には国立肖像画美術館をはじめ、肖像画に特化した施設がたくさんあることを知った。

森本から課された「引用」という課題で、望音は自分が描くべきものを決めるとき、過去の美術史を踏まえることも重要なのだと学んだ。そのときは「必ずしもそうだろうか？」と疑問を抱いたけれど、今になってその学びに従ってみる気になった。

人を描くと決めてから最初に完成させた、母と自分が浜辺で並んでいる様子を、キャンバスいっぱいに描いた大作を眺める。

描き終えたとき、ポートレイトは実物に似ていること以上に、描かれた者同士、あるいは描く側と描かれた側の関係性が大事なことに気がついた。自分にとって特別な母を描いたことで、最初の大作はうまくいっていたからだ。

だとすれば、つぎに描くべきはなにか。

そう考えたとき、自分の原点である芸術家のポートレイトを描くしかないと閃いた。

まず頭に浮かんだのは、草間彌生である。

女である、日本人であるといった生きるうえでの制約を取り払い、内面から湧きあがるような力強さ。幻覚に悩まされて絵を描くようになった草間の生い立ちは、どんどん溜まる記憶を整理するために絵を描く自分とも重なった。

他にも、望音はこれまで感銘を受けた画家の肖像をつぎつぎに描き進めた。アパートの本棚には、幼い頃両親に与えてもらったり上京してから買い集めたりしたたくさんの画集があり、そのなかの一冊にヘンリー・ダーガーがあった。

幼少期に母を亡くし、父とも離され四十年間たった一人でシカゴの一室に住んでいた孤独な画家ダーガーは、そこで彼のもうひとつの人生とも言うべき王国を築き上げ、何百という数の挿絵に加えて、一万ページ以上にわたる遠大な物語をつづった。

望音はダーガーと会ったことも話したこともないが、はじめて画集を見て衝撃を受けたときから、親密な関係を結んでいるつもりでいた。作品の向こうには、いつも「人」がいる。ダーガーはその奇天烈な絵の向こうから、入院中にベッドから出られなかった望音に言い表せないほどの勇気をくれた。

作品を介して出会い、今の自分を創り出してくれた画家の「肖像」が描きたい。

そう思い至ると、描くべきは草間とダーガーだけではなかった。

たとえばメキシコ人画家のフリーダ・カーロもそうだ。十代の頃に不慮の事故に見舞われて重傷を負い、後遺症に悩まされるようになった彼女は、痛みと退屈を紛らわせるように、本格的に絵を描きはじめた。死ととなり合わせになること、不自由な身体とともに生きていくということを受け容れ、それをつくることへの原動力に変えつづけた。望音にとって理想のヒロイン像だ。

また二十七歳で夭折するまでに、グラフィティ・アートをモチーフにした何千点という数の作品を残したジャン＝ミシェル・バスキア。自分の立ち位置に対する迷いを打ち消すかのように、短い命を燃やして生み出しつづけた落書きのような作品は、どうして絵を描かねばならないのかをいつも望音に教えてくれる。

描き進めるうちに、望音は気がついていった。

その「肖像」を描きたいと感じた画家たちは、偶然にも、みんななにかの困難を乗り越えて、あるいは乗り越えるために絵を描いていた。だから望音にとって四人の「肖像」を描くことは、自分の身に降りかかるさまざまな困難を乗り越えて、そのあとにつづくのだという決意表明にもなった。

――本校には他にもたくさんの候補がいるので、君の卒業制作を見てから最終決定をしたいそうです。

ここでもし諦めれば、ロイヤル・アカデミーにも行けなくなって、あんな風に背中を押してくれた太郎の優しさも、両親からの期待も裏切ることになってしまう。

――命よりも大事なものなんて、ないんだから。

島の診療所の先生はそう言った。

でも本当だろうか？

「まぁ、しゃあねぇわ」

望音は「覚悟」の方をとることにして、大きく伸びをした。

スマホの電源を切って、部屋を暗くして時間の感覚を失わせ、ただただ自分の奥深くへと降りていき、そこにあるものを慎重に画面にのせるという作業に没入する。

これが最後の絵になるかもしれない。

今の自分が持ちうる限りの力をキャンバスにぶつける。

描き進めるほどに、絵が勝手に出来あがる多幸感で満ちていった。子どもの頃、湧き出るイメージに手が追いつかず、夢中で紙に描きつけた感覚と重なる。

そうか、過去の芸術家たちがこの筆を動かしてくれているのだ。

彼らがいなければ、今の自分はない。

連綿と受け継がれた絵画の歴史を感じながら、望音はその延長に自分を位置づける。しだいに絵を描くことは、望音にとって孤独な作業ではなくなっていく。むしろ彼らに守られ、彼らとともに筆をとっていくこと。その感覚が手に宿っている限り、どこでも、いつでも絵を描いていける気がした。

詩乃に向けて叫んだ、自分の言葉が頭をよぎる。

望音の心境は少しずつ変化していった。たしかに芸術は自分のためではあるけれど、それだけじゃない。また詩乃と話せるタイミングがあったら、このことを伝えたかった。

泣き崩れていた詩乃を思い出し、望音はちょっと反省する。

あの人にはあの人なりの苦しみがあるのに、言いすぎた。自分には想像もつかないような苦しみが――。いろいろ思うところはあるが、彼女のことも認めて、不満は心の奥底に仕舞っておこう。

あのあと、猪上さんの筆は進んでるじゃろか？

あんなに分かり合えない相手だと思っていたのに、なぜか詩乃が今も絵に向かっていると思うと、不思議と聴力を失くすことへの恐怖は引いていった。必死に「自分の絵」を探している彼女に、あんな偉そうなことを言っておいて、自分が逃げるわけにはいかない。

――望音ちゃんの絵、見に来たよー。

友だちの呼ぶ声が聞こえる。ごめん、まだ見せようと思ってた絵はできてないの、もう少し待っててね。

気がつくと、望音は深い闇のなかに落ちていた。

光の射し込まないアパートの一室で、動けなくなった望音の手には、それでも絵筆が握られていた。

＊

マダムから聞いた、森本がよく通っているというバーは、谷中銀座(やなかぎんざ)の路地を入った一角にあった。看板ものれんもないその小さなバーに森本がやって来たのは、詩乃が二回目の待ち伏せをしたときである。しつこく小雨の降りつづける、手のかじかむ夜だった。

呼び止めると、森本は驚いたように目を見開いたあと「君か」と呟いた。

「すみません、突然。どうしても先生に訊きたいことがあって」

息が白くなった。傘を閉じた森本は、詩乃をバーのなかに入るように促した。

店内はやっと四、五人入れる程度の狭さで、先輩にゴールデン街に連れて行ってもらったときのことをぼんやりと詩乃は思い出す。

並んで腰を下ろしたあと、森本はマスターに親しげに話しかけた。

「教え子なんですよ」

「珍しい、森本さんが教え子を連れてきたことなんて、なかったでしょう？」

「そうでしたっけ」

二人で談笑するのを聞いて、こんな風に森本がしゃべっているのははじめて見ると詩乃は思った。マスターがてきぱきと酒をつくる様子を、詩乃は森本とともに黙って眺める。

「で、訊きたいことって？」

森本からいつもの調子で、ぶっきらぼうに訊ねられ、詩乃はスツールに座り直し、準備してきたことを話しはじめる。

「森本先生は私たちに、『自分の絵』を描けって言いましたよね。でも私は『自分の絵』がずっと分からなくて。そもそも自分自身のことを誰かに曝け出したこととか、ほとんどなかったんです。でも森本ゼミに入って、少しずつ自分のことを認めて、人に打ち明けていくことで、作品が大きく変わったり、ちょっと大人になれたりするんだって、はじめて実感を持って分かりました。でも表面的な進展はあっても、本当の根本的なところはやっぱり変われないんです」

趣旨がまとまらず、詩乃は少し間を置いた。森本は相槌も打たず、ただ黙って頬杖をついている。

「恥ずかしいんですけど、私にとって、これまで絵を描くすべての根底にあるのは、褒められたいとか、認められたいとかいうことで、その矛先はもとをただせば父親に向いていました。たぶん絵を描くってことは、父との確執と根本的につながってるんです。だからそれを乗り越えないと、先生の言う『自分の絵』なんて絶対に描けない気がするんです。そうしないと、ずっと呪縛に囚われてしまうって。でも正直、どうしたらいいのか分からない。だってそれ以外のために絵を描いたことがないから。今は一秒でも早く卒制に向かわなきゃいけないのに、一歩も前に進めなくて。このままじゃどうしようもなくて、本当に手詰まりなんです。どうしたらいいですか？」

緊張のあまり呼吸が苦しくなり、最後の方は声が震えた。一気に話し終えてからやっと、詩乃は息を吐いた。バーの店内は、小さくピアノ曲が流れている以外、さあさあという小雨の音がかすかに聞こえるくらい静かだった。

その瞬間、詩乃の脳裏に、描きかけている雨の情景が鮮明に浮かび、今自分はそのなかに迷い込んでいるような錯覚をおぼえた。殺伐とした世界のなかでつかの間、光の宿る場所。今いるのはそういう場所であり、まさにそれこそ森本にとって、唯一ほっとできる空間なのかもしれないなと曖昧に思った。

「そうか」

森本は酒を一口飲むと、正面に並ぶボトルにまっすぐ視線を据えながら、気だるそうに話しはじめた。

「君の親父さんとは、学生時代によく飲んだ」

「そうなんですか？」

意外だった。父からは、森本は大学院から入った年上の同級生だったという程度しか聞いていなかったからだ。父があまり考えずに直情的に描くタイプなのに対して、森本は左脳で描くタイプだったという話を聞き、あまり仲は良くなかったのかなと勝手に解釈していたほどだ。

「卒業してから、親父さんは他の同級生たちを置き去りにして、あっという間にスターダムに駆け上がっていってしまった。当時はみんな悔しさもあって、それ以来、親父さんとは疎遠になった。そもそも私は大学院から東京美大に入ったから、親父さんと一緒に過ごした時間も短かったしな。でも少なくとも私にとって親父さんは、私が東京美大に入って最初に出会った本物というか、一番身近にいた才能のあるやつだったと今でも思っている」

少し照れくさくなったのか、森本は珍しく頰をゆるめ、心を許せるらしいマスターに話しかけるように言った。

「じつは私の哲学の萌芽みたいなものは、こいつの親父さんから来てるんですよ。あいつの話は面白かったし、共感できるものでしたからね」

詩乃は固唾(かたず)を呑んでつづきを待つ。

「君がどんな風に親父さんに育てられたのかは分からないし、家族のことだから私には君の言う『確執』がなんなのかは分からん。興味もない。でももし親父さんが君のことを『認めない』という姿勢をとっていたんなら、その裏側には、自分で考えて、判断して、決めてほしいっていうメッセージがあったんじゃないか？　絵は誰かに頼まれたり、誰かの価値観に合わせて描くものじゃない。いい絵っていうのは、人の心を動かす絵だが、人の心を動かそうとする絵は、あざとくて、いい絵ではない。だから君が絵を描く以上、親父さんは認めるとか認めないとかいう次元では、君のことを見ないはずだ」

その言葉で、詩乃はやっと理解する。

父は娘に有名な絵描きになってほしいと思っていると、詩乃はずっと勘違いしていた。本当は端から、父は娘に絵描きになってほしいわけではなかったのだ。褒め上手の先生の教室をやめさせられたのも、家で詩乃が絵を描いていると冷たい目で見られている気がしたのも、それですべてつながる。

詩乃はそれらの態度を、もっと上を目指せというメッセージだと誤解していたが、本当は違っていた。絵を描くなら、周囲に引っ張られず、自分で納得したものを描いてほしいという父の願いが、その裏にはあったのだ。

森本は詩乃に顎をしゃくって訊ねる。

「親父さんのことをどう思ってる」

「どうって……このあいだ、母からは反面教師にしなさいって言われましたけど」

ふっと笑いを漏らし、森本は目を細めた。

「反面教師、か。それはそうかもしれん。でもな、美術の世界に足を突っ込んでいる以上、劣等感や満たされなさは必ずつきまとう。ほんの一握りのやつしか認められないうえに、たとえ認められてもずっとつづくやつなんて、ほぼいないからだ。逆に言えば、たった数年間でも輝くことができたやつ、多くの人のなかでひとつでも作品と名前が一致するくらい、人の心を動かせたやつっていうのは、それだけでもすごいんだ」

森本はまるで詩乃を通して、長年疎遠になっている父に心からのメッセージを送るように言った。親父さんを誇りに思え、と。

「君の親父さんは、美術の厳しさをめちゃくちゃ知っている人だ。だからこそ、そんな親父さんが気安く、君を褒めるとは思えない」

森本の言い方は、アトリエにいたときと変わらず倦怠感を含んでいて、嫌味っぽかった。でもなぜか、すべてを肯定してくれたように捉えた詩乃は、「ありがとうございます」と頭を下げた。

父と森本は、一見正反対のようで、まったく同じだった。

森本がこの一年間のゼミで伝えてきた真理は、父の態度を証明する。東京美大に入ってから、いや、絵筆をとりはじめた物心つかない頃から今までの人生でずっと、靄のかかっていた父に対する視界が晴れていく。

「しっかりやれよ、猪上」

バーを出て行くとき、うしろから声をかけられた。ふり返ったあと、やはりマスターの方を向いている森本に、「はい」と答えて詩乃は唇を嚙んだ。

提出期限まであと一週間を切っても、森本はアトリエに一度も現れなかった。テレビやネットでアカハラのことが報道されているのを見かけたが、自分の身に起こったこととは思えず、事件が勝手に一人歩きしているようだった。

そして森本から鼓舞されたものの、出来あがりつつあったキャンバスを前にしても、詩乃の筆は思うように進まなかった。

写真を参照しながら隅々まで技巧を凝らして雨の道路を描写していたが、今の詩乃にはまったく納得がいかない。焦りばかりが先行するなか、アトリエの端の壁に立てかけていたスケッチがふと目に入った。

明らかに失敗だと途中で諦め、捨てることにしたラフ画である。いつ描いたのかも思い出せない。描き損じや余白ばかりなのに、詩乃にとってその習作は完成間近の大きなキャンバスよりもはるかに心惹かれるものだった。

これだ、と詩乃は思った。

その習作を拾い上げ、新しく張り直した１００号のキャンバスに並べる。技術でもって全画面を支配するのではなく、あえて失敗と余白をたっぷり残すようにして、詩乃は雨の絵を改めて描きはじめた。

終わりが見えたのは、提出期限前日の明け方である。

薄明かりに包まれたその絵が、アトリエに寝泊まりしていた詩乃にこれでいいのだと教えてくれた。作品の完成を決めるのは、他人でも自分でもなく絵そのものなのだ、とはじめて詩乃は知った。

その絵は、遠くから見れば、紺色の地味な塗りつぶしに過ぎないが、近寄ってみると雨に打たれたアスファルトだと分かる。抑えた色彩とストロークでありながら、夜の光が細かに描写され、付近に信号機があり人影が揺れる交差点を想像させる。

キャンバスの面に、平らな地面を描いただけだ。しかし平面的ではなく、地面にうすい膜をつくりながら低い方へと流れる水は、鏡のように夜をうつし出し、そこに落ちてくる雨粒一粒ずつがそれらの情景を反射する。

一見、下地がむき出しの未完成な絵画でありながら、複雑で立体的な世界がたしかに生まれていた。

一月第二週、卒業制作の提出期限が訪れた。食堂には、ほっとした表情を浮かべた学生たちの姿がある。そのなかには、詩乃の姿もあった。ベンチに腰を下ろし、もうなにも考えられないという状態で呆然としている。

ここ一週間、アドレナリンが出っぱなしだった。疲労と興奮の入り混じった余韻に浸りながら、詩乃は絵画棟の方から歩いてくる和美の姿を認めた。彼女も、表情からして作品を提出し終えたようだ。

「ぎりぎりだったー、マジでやばかった」

「私も」

この日は九時から十七時までのあいだに作品を提出し、本人が書類にサインをしなければならない。

昨日までのぐずついた天気が嘘のように、空はからりと晴れている。

「森本先生、どうなるのかな」

この一ヶ月、心のなかで何度もくり返してきた台詞だった。望音のためにゼミに入れられたという事実に気がついてもなお、詩乃は森本を信頼したかった。森本を疑うと、自分が必死に頑張ったこの一年を否定することになる気がしたからだ。

「まだ処分も決まってないみたいだね」

和美はそれだけ言い、口をつぐんだ。彼女もまた森本に対して、複雑な思いを抱いているようだ。

話題を変えるように、和美が訊ねる。

「そういえば、望音のこと、どっかで見た？」

「見てないけど」

「まだ来てないみたいなんだよね。連絡してもつながらなくて」

「え？　やばくない」

日が暮れても、望音はアトリエにも大学にも現れなかった。他の研究室の助手が心配をして連絡を入れたが、つながらないという。

「このままじゃ、卒業できないよ」

提出期限まで十分を切ったとき、運送業者がトラックから巨大な段ボールの平箱を運び入れてきた。

「汐田望音さんという方からのお届けです。サインをいただけますか？」

助手が代わりにサインをして、トラックは帰って行った。

作品が届いても、本人が書類に名前を書かないと、正式な提出とは認められない。和美や助手が何度も望音のスマホに電話をかけても、最後までつながらず、ついに期限である十七時を過ぎてしまった。

14

「私はこの四年間、どうやったら人と違うことができるかとか、卒業後に絵を売って生計を立てられるかとか、そんなことばかり考えていました」

油画科の教授たちと学年全員の前で、和美は語った。

「正直、先生にもその方法を教えてほしいって強く思っていたくらい」

会場にどっと笑いが起こった。

「でも本当はそれって、甘えだったのかもしれません。生き方と同じで食べていくやり方は人によって違うから、自分で見つけないといけない。奇抜なことをすればいいってわけでもない。そんなことを考えていたら、ふとこの『犬』のイメージが浮かんできました。それで、無理して絵を描くんじゃなくて、より思い入れのある映像媒体を選んだんですけど、結果的に『自分の絵』を描くってことが少し分かった気がします」

講評会には学内関係者だけではなく、特別講師として外部から学芸員やギャラリストも招へいされており、和美の作品は彼らの関心をとくに集めた。

和美の映像作品は、画面に所狭しと配置されたさまざまな犬種の人面犬の一生を描いた物語で、若冲(じゃくちゅう)の《百犬図》を思わせるような不気味さが漂っていた。入学する前からずっと努力や勉強を重ねてきた和美らしく、過去の引用を重ねており、この一年彼女がトライ・アンド・エラーをくり返してきたどの作品よりも説得力があった。

講評される番になって、詩乃は前に出た。

「リアリズム絵画というのは、写真を参照して実物そっくりに描くと思われがちですが、私は今回自分にとってのリアルはなにかを考えて、匂いとか、光の揺らぎとか、そういうところを描いてみました」

教授をはじめ特別講師からのコメントは、これ以上ないほどの絶賛だった。

「写真では捉えきれない、描き手の内面の揺らぎが反映され、写真以上に色や光が美しくドラマチックですね」

「省略されているのに、不思議とものすごくリアルで、そのバランスが素晴らしいと思います」

しかし詩乃は、なぜか嬉しくなかった。入学した頃からずっと首席で卒業することを目指していたのに、今はそのことにさほど魅力を感じなくなっていた。

その理由は、提出に間に合わなかった望音の姿が、そこにないからだった。本人不在のなか届いた作品は開梱もされないまま、アトリエの隅に置きっぱなしである。詩乃は、望音の状況や作品の方が気がかりで、講評会も半分くらい上の空だった。

講評会が終わると、すぐに卒業制作展の搬入作業が進められた。会場は大学からほど近い公立美術館である。助手が運転するフォークリフトで搬入口から展示室へと大量の作品が運ばれると、つぎつぎに場所が決められて壁に掛けられた。

しかしそのなかに、望音の絵のスペースは残されなかった。

悔しいような、あっけないような、複雑な気持ちで詩乃は作業を終えた。

その夜、家に帰ってから、詩乃は父の制作部屋のドアをノックし、机のうえに卒業制作展のチラシを置いた。

＊

海沿いに走っている車窓からは、空の青さを吸収したような穏やかな海が見えた。卒業制作展の初日を迎え、もっとも多くの人が訪れると言っても過言ではないタイミングで、詩乃が向かったのは展示会場ではなく、望音が療養している実家の島だった。

一年前の詩乃が知ったら、正気を疑うような行動である。

首都圏で育った詩乃にとって、びっくりするほど小さな空港も、地元民が通勤通学に使っているフェリーも、コンビニはおろか信号すらない島の景色も、どれも新鮮だった。こういう環境で生まれて芸術を志すことが、詩乃には想像もつかない。

車も通れなそうな細い坂をのぼっていくと、何匹かの猫とすれ違って、日本庭園のある立派な民家が現れた。

木造の門のインターホンを押すと、敷松葉のされた植木の陰から、よく日に焼けた五十歳前後に見える女性が顔を出す。

「突然すみません、猪上詩乃と申します。望音さんの同級生で、お見舞いに来ました」

「あら、わざわざ来てくださったの？」

その表情を見たとき、詩乃はどこかで見憶えがあるような気がした。

アトリエにあった望音の絵に描かれていた女性である。大きなキャンバスに浜辺に娘と並んで佇んでいた母親に面影がよく似ている。その絵では克明に顔の造形が描写されていたわけではないのに、不思議と腑に落ちた。

母親は詩乃を二階の部屋に案内してくれた。望音がベッドで横になっていた。

「やっほー」

照れくさくて明るく言ったが、望音からの返事はなく、恥ずかしそうに布団を顔の辺りまで引き寄せただけだった。

代わりに、母親が答える。

「耳の調子が悪くなったのに病院にも行かず、スマホの電源も切ってたんです。しかも一度東京の病院に検査に行っていたらしいのに、それ以来診察をすっぽかしてたってゆうんじゃから、ほんまに困った娘ですよ。今はひとまず退院して、自宅療養してますけど、元通り聞こえるようになるかはまだ分からないって言われてしまって」

彼女のことを本当になにも知らなかった、と詩乃はひそかに反省する。

望音の母はお茶をのせたお盆をてきぱきとテーブルのうえに置くと「私は仕事がありますんで、失礼しますね。ゆっくりしていってください」と言って部屋を出て行った。

望音はなにも言わず、じっと詩乃のことを見つめている。詩乃はどう切り出せばいいのかが分からず、黙って窓の外に視線をやった。庭の向こうに海が一望できた。

こうやって訪ねて来たものの、あんなことがあったのに、なにを話せばいいのか分からない。もしかすると望音の方は、作品を燃やそうとした最悪なやつがここに来て、迷惑だと感じているかもしれない。

ふと望音の手元に、スケッチブックがあるのに気がつく。

「それ、花？」

指をさして訊ねると、望音は肯いた。スケッチブックには窓から見える、庭に植えられた梅の木が描かれていた。同じ樹のなかに、白梅や紅梅、一重咲きや八重咲きなど、さまざまな表情の花を咲かせている。

望音はその一枚をスケッチブックから切り離して、詩乃に手渡した。

絵の隅には、小さくこうあった。

【来てくれて、ありがと。】

詩乃が顔を上げると、望音からスケッチブックと鉛筆を差し出された。

少し考えたあと、詩乃は声に出すのではなく、そこに文字で返した。

【みんな、あなたの才能に感謝してる。】

その一言を読むと、望音はふっと口元をほころばせた。一年近く同じアトリエで制作をしていたのに、彼女のそんな笑顔を見るのははじめてである。返ってきたスケッチブックには、望音らしい答えが書かれていた。

【才能っていう言葉、嫌いなんじゃろ？】

「まぁ、そうなんだけど」と詩乃は苦笑する。

でも今なら、その意味が少し分かっていた。

講評会でも、卒業制作展の搬入時の周囲からの反応でも、今朝さっそく展示を見に行ったという母から送られてきた感想でも、望音のとなりで描きながら無意識のうちに受けた影響のおかげで、変われた部分が高く評価されていた。

以前の詩乃なら、写実画を描こうとしても写真を参考にするばかりで、内面の揺らぎや大気の流れといった目に見えないものを反映しようとは思わなかっただろう。それができたのは、望音の絵を近くで見ていたからこそだった。

イメージの源泉を塞いでいた岩を、望音が、望音の才能が、取り除いてくれたのだ。

【今まで、ごめんね。】

ここに来る前から、伝えたかった言葉。

それを口にするために、一人でここまで来たのだ。

スケッチブックを受け取ると、望音はほほ笑み、首を左右にふった。

やっぱり望音には敵わない、と詩乃は思った。

同じ感覚を、開梱された望音の卒業制作にも抱いていた。

四人の画家の肖像画。つぎつぎに溢れるイメージを感覚的に描いている望音が、作中で他の誰かを引用したり言及したりするのは意外だったが、新しいステージに進むことこそが彼女の答えなのだと詩乃は思った。

肖像画でありながら、遠くから見ると抽象絵画のように色が寄せ集まり、花束にも似ている。これまでの眩い風景をふり返り、その輝きを永遠に保存するように、渾身の力で描かれていた。

水面に風が吹き抜けるように、詩乃の心にさざめきが起こった。

感動していることを、詩乃は認めざるをえなかった。

同時に、悔しいと感じる自分も認めることにした。

最後に、詩乃はスケッチブックに一言を書いて、望音に手渡す。

【卒業、おめでとう。】

＊

卒業制作展の最終日に、望音は会場に到着した。

展示を見に来た人たちの熱気のせいか、ロビーにはコートを腕にかけた来館者が目立つ。ベンチに腰を下ろした人や談笑する人とすれ違いながら、望音は自分がここにいるなんて妙な感じがした。

水槽のなかにいるように音がぼやける。

大学から望音の両親に電話があったのは、卒業制作展がはじまる直前だった。大学内で協議が行なわれ、作品は締め切り前に到着したこと、本人は体調不良のために間に合わなかったことを考慮して、特別に卒業を認められたという。

そうして教授や外部からの審査員による投票を経て、望音は首席になったという知らせを受け取った。

油画科の展示室には、数十点の作品が展示されていたが、森本ゼミの作品は入り口近くの壁に掛けられ、照明を浴びていた。

和美の作品は、まるでこの学び舎そのもののような、絵を描く者たちを寄せ集めた、滑稽さと愛しさに溢れた映像だと感じた。

詩乃の作品は、巨大なキャンバスに雨の打ち付ける夜のアスファルトを、克明かつリアルに描写した絵画だった。描かれたのは、単に「雨」だけではなく、「雨」を通して漂ってくるような、大気や湿気といった目に見えないものだった。地面と雨粒のあいだにある余白には、「雨」にまつわる孤独や悲しみといった記憶が重ねられているようだ。

ふと、受付の近くに座っていた詩乃と目が合う。

二人はなにも言わずに肯き合った。

「雨」の絵のとなりには、望音の作品があった。

アパートやアトリエの外に出て、きちんとした空間で光を浴びているのをはじめて目にする。制作中には一人向かい合ってきた絵が、もう自分の手の届かない遠いところに離れてしまったのだと、望音は実感する。

やっと出会えた。

これが私の絵なんだ。

達成感よりもむしろ、絵のなかに描かれた人や世界と、ついに出会えたのだという感慨と驚きに満たされる。ああ、私の頭のなかにいたのは、こんな世界の、こんな人たちだったのか。

尊敬する四人の画家を描いていたつもりが、すべてが終わって絵全体として見つめ直したとたん、幼少期から体験してきたさまざまな記憶が折り重なって、やっと四枚のイメージが出来あがったのだと気がつく。

展示室に立って、この一年で生み落とされた世界に身を置いていると、森本の存在を感じとった。森本が講評会で言っていたことを反芻（はんすう）する。時間が経ってみると、この空間に並んだゼミ生の作品は、森本の考え方が実を結んだことを表していた。

＊

卒業制作展が終わって数日後、森本は大学のキャンパスを訪れていた。約一ヶ月半前までは例年通り教鞭をとっていたのに、それを森本はずいぶんと昔の出来事のように感じる。絵画棟のアトリエはふたたびこざっぱりと片付けられ、新しい年度を迎えようとしていた。

辞表を提出したのは、一ヶ月前だった。

週刊誌に記事が出て、まもなくのことである。

もう何年も前から、いつパワハラだのアカハラだのと訴えられてもおかしくないという自覚があった森本は、大学に迷惑がかかれば潮時だと考えていた。だから委員会の結論や処分の顚末を聞く前に、自ら辞したのだった。

古株の教授陣は「このご時世、訴えられるケースは珍しくないし、きっと停職数ヶ月の処分で済むんだから、別に辞める必要はないんじゃないか」と引き留めもしたが、森本に悔いはなかった。

最後の年としては、申し分ない結果を残せたからだ。

廊下からドアの窓越しに覗いた夕暮れのアトリエには、キャンバス一枚もない。静まり返ったアトリエで、孤独に絵を描いている学生のうしろ姿が目に浮かんだが、それは森本にとって、ちょうど一年前の記憶だった。

カーテンが膨らみ、春が漂う。

――来年度、私のゼミに来なさい。

あの学生をなぜゼミに誘ったのか、森本自身もよく分からなかった。彼女が完成させた課題はどれをとっても、技術ばかりが先に立って、で、君はいったいなにを描きたいんだと首を傾げるような、凡庸なものばかりだった。

それでも必死にあがいている姿が、過去の自分と重なった。

――私の理想とする東京美術大学を、私の手でつくる。

心に決めてから、森本は泥仕事も進んでこなした。すべての時間をその夢に注ぐために、制作もしなくなった。そんな森本を周囲は理解しなかった。ただ権力を握りたいために政治に注力していると噂された。しかし森本は、誰かに理解されるために理想の美大をつくると決めたわけではない。

不可解ともされる執着心の根底にあるのは、自分を五浪もさせた東京美術大学に対する歪んだ愛憎だった。

日本最高峰という響きに魅入られたものの、五浪しても受からず、才能がないから無理だと言われた末に、別の美大に入学した。それでも憧れを捨てきれず、大学院から東京美術大学に入ったとき、目の当たりにしたのは、高給取りのくせに具体的な指導はなにもせず、派閥をつくってばかりいる教授たちの無責任な姿勢だった。

——芸術は教えるものではない。

その一言を、森本はもっとも嫌悪した。五年間という失われた青春時代はなんだったのか、こんなにしょうもないやつらのせいで無駄にしてしまったのか。自分が五浪もして受からなかったのは、自分に才能がなかったせいではなかった、と森本は確信した。ただ、不運だっただけだ、と。

——こんな素人を、合格させてしまうんですか。

入試の審査で、汐田望音の作品を選ぼうとした森本に、別の教授がそう言った。たしかに技術は粗削りで、本当に力があるのか測りかねるところはあったが、彼女を合格者の枠にねじこんだのは、他ならぬ森本だった。

強引なやり方で自分のゼミに彼女を入れることにしたのは、責任のためでも、彼女のためでもなく、入試の審査で心に引っかかった、彼女が持っている特別ななにかを知るためだった。才能というものの正体を、森本は確かめたかったのだ。

またその才能を、自分が育ててやれるのかを賭けたかった。しかしそれは傲慢だったと彼女の卒業制作を見て実感した。汐田望音の仕上げた肖像画群は、とにかく力強かった。それは森本の想像をはるかに超えた、心を揺さぶる強さだった。

ゼミ生たちはもちろん今年の卒業生たちは誰一人、森本がじつは卒業制作展をちゃんと見ていることを知らないだろう。森本は混乱を避けるために、卒展の会場である美術館で働いているかつての教え子に内密に頼み、夜間閉館しているあいだに彼らの作品を見に行っていたのだ。

猪上詩乃があそこまで到達できたのは、望音の不思議な力が伝染したからこそだろう。彼らの絵を見て、森本は意外にもこう思った。収入がなくても、好きな絵を好きなように描く余生もいいかもな、と。

この二十余年間、そのすべてを美術教育に懸けてきた。それが終わりを迎える今、案外なんの感慨もない。強いて言うなら、この一年、いや、教育者として自分が教えていたことは無駄だったのではないかという無力感はあった。

真の才能は勝手に育ち、育てようということ自体がおこがましい。自分がなにもしなくても、周囲を気づかぬうちに変えてしまうものであり、必ず他の誰かに見出されて開花する。それに気づいた瞬間、なにかが吹っ切れた。

ふり返ると、ドアの向こうに西が立っていた。

「森本先生」

「窓が開いてたんでね」

森本はアトリエの窓に鍵をかけたあと、廊下に出て行った。

委員会の調査はまだつづいているらしく、今後も必要があれば質問に応じるつもりでいた。この一ヶ月、引き継ぎをしたり研究室を片付けたりと、何度か大学に足を運んでいたが、卒業制作を終えた学生たちの姿はなく、彼らに直接別れを告げることはなかった。

それでもこの日、最後にもう一回だけ、森本がキャンパスを訪れることにしたのは、郵便物があるのでとりに来てほしいと、大学側から連絡があったからだ。

「で、届いたものは？」

「研究室で、ご覧ください」

西に言われて、森本は研究室に引き返した。

もぬけの殻になった研究室には、色鮮やかな花束がいっぱいに置かれていた。それぞれの花束には、卒業生の名前が書かれていた。ごく最近まで呼んでいた名前もあれば、ずいぶんと思い出さなかった名前も。

芸術なんて教えられるものじゃない。たしかにそうかもしれない。まともな方法で育つわけがない。だから俺のやり方は間違ってなかった。それらの花束を見て、森本の胸に熱いものがこみ上げた。

花束の他に、ひときわ大きな封筒が一通届いている。

五年前に作品が燃えてしまった、あの男子学生からである。封筒を開けると、絵筆を折っていた彼が、時を経て新しく描いたという一枚の絵と、森本の指導に対する感謝、そして再出発への祝辞が手紙につづられていた。

いい絵だな、と森本は呟く。

ドアの開く音がした。ふり返ると、別の花束を運びこんできた高橋が立っていた。

「悪かったな、今まで」

高橋がかすかに息を呑むのが分かった。

「そんな、違います、僕が悪いんです、僕が全部。本当に申し訳ありませんでした、森本先生には――」

森本は黙って手を挙げて、それを制止した。

「自分で判断したことを信じなさい」

そして自らに言い聞かせるように、こうつづける。

「自分で判断していいと思ったものを、妥協せずに描きなさい。その先に、きっと答えはあるから」

エピローグ

さぁ、つづいてのメッセージは、ラジオネーム「上野のドブネズミ」さんから。ドブネズミさんからのお便り、久しぶりですね！　ありがとうございます。

【「あの人に伝えたい」という今回のメッセージテーマ、僕は学生の頃の同級生にメッセージを送りたいと思います。その同級生は才能のあるやつで、ちっちゃいのに僕なんかよりもずっと頑張ってる、すごいやつでした。そいつのおかげで、僕も在学中はいろいろと背中を押されたりして。

でもそいつは今海外で一人闘っていて、このあいだ日本のラジオを聴けるように設定したって言ってたので、ひょっとすると聴いてるかもしれないから、実験的に送りたいと思います。

伝えたいことは、単純だけど、そいつへの応援メッセージです。

僕の方は相変わらず、といっても大学時代の目標とは違うけど、昔の友だちからの助けを借りたりして、日々楽しくやってます。他の同級生たちも、それぞれ大学院に進んだり、作品が売れたりして、このあいだ僕の職場に来てくれました。

大学時代、自分にはイチからなにかを生み出す才能はないって思い知らされたけど、つくらないって決めたとたんにプレッシャーが消えて楽になりました。ある意味で、大学での一番の収穫はそれかな。新しい仕事は向いてる気がするし、この道を、僕は信じようと思います。

そうそう、引退した僕たちの先生とも、このあいだばったり会いました。すごく元気そうで、君のことを心配していました。気が向いたら、作品の写真とか送ってあげてください。ついでに僕にも、ぜひ送ってください。すごく、すんごく楽しみにしてます。でも体調には気をつけて、無理はしないでね。】

ということで、「上野のドブネズミ」さんはしばらく前に就活に関するメッセージを送ってきてくれていましたが、無事に就職できたみたいですね、本当におめでとうございまーす。そして海外で奮闘している同級生の方も、頑張ってください！

つづいては――

「でぇれぇすげぇ！」

思わず口走ると、公園で休日を楽しんでいた何人かがこちらを見た。アジア系の女がとつぜん大声を出してさぞかし不審だろうと、急に恥ずかしくなってうつむく。しかし自然と笑みがこぼれてくる。あの「上野のドブネズミ」さんからメッセージをもらえるなんて、これは頑張らんと。

まだ九月なのに、今朝からもう日本の冬くらいの寒さだった。膝のうえに広げたスケッチブックのうえに落ちてきた、巨大なサイズの枯れ葉を払う。

「アー・ユー・オーケー？」

ふと顔を上げると、青い目の少女がとなりに立っていた。

「ありがとう。絵を描いてるんだ」

英語で答えて、望音は筆を動かす仕草をしてみせた。

「それ、花？」

スケッチブックを覗き、少女が訊ねる。言われてみると、たしかに。

「へんなの、花なんて咲いてないじゃない」

少女は不思議そうに周囲を見回したが、しばらくするとなにかを感じたのか、腑に落ちたように笑った。その笑顔が可愛くて、望音は持って来ていたもう一冊のスケッチブックと色鉛筆を鞄から出す。

彼女は無言で肯き、それを受け取った。

言葉や年齢の壁も超えて、絵を通じて、心がかよい合えた感じがした。真っ白なスケッチブックを見つめる。どんな世界がこれから現れるんだろう。すべてを見逃さないように、望音はつぎの旅に出る。

解　説

吉田大助

『ピカソになれない私たち』というタイトルには、二つの意味が込められているように思う。一つは、パブロ・ピカソのような世紀の天才画家に、「私たち」はなれないということ。もう一つは――。

著者の一色さゆりは、二〇一五年に第一四回『このミステリーがすごい！』大賞を受賞した『神の値段』以来、新たなアートミステリーの旗手として活躍してきた作家だ。デビュー作では現代美術およびギャラリーやオークション業界について、第二作『骨董探偵　馬酔木泉の事件ファイル』（単行本刊行時のタイトル『嘘をつく器　死の曜変天目』から改題／単行本刊二〇一七年）では陶芸と保存科学および骨董鑑定について、第三作『絵に隠された記憶　熊沢アート心療所の謎解きカルテ』（二〇一九年）では心理療法の一つとして知られるアートセラピーについて……。作品ごとにフォーカスするアートのトピックを変え、そのトピックならではの「謎」を導き出して、ミステリーの「謎解き」の構造と重ね合わせる。特に最初の二作は殺人事件で物語の幕が上がる、構成的にも王道のミステリーだった。また、デビューからの三作は、アーティストではなく、アートの周辺にいる人々を探偵役に据えるという共通点があった。もしもアーティストを探偵役に抜擢してしまうと、その語りの内部で、アーティストの苦悩というテーマが否応なしに発動してしまう。そのテーマは外部から観察する程度に留めることで、ミステリーとしての拵えを重視するという判断があったのかもしれない。

その判断を、本作では保留した。いや、小説内におけるアートとミステリーの配合を、意識的に逆転させた。ミステリーの要素をあえて弱めることによってできたスペースで、アーティストの苦悩というテーマを思う存分展開させたのだ。その結果、かつてない青春群像劇が生まれた。

群像劇の舞台は、上野にある架空の「東京美術大学」。作中の〈「秘境」だの「変人の集まり」だの言われている〉という一文は、二〇一六年に刊行しベストセラーとなったノンフィクション『最後の秘境　東京藝大─天才たちのカオスな日常─』（二宮敦人）を指しているだろう。舞台のモデルとなったのは、著者の母校である日本で唯一の国立総合芸術大学・東京藝術大学だ。

オープニングが苛烈だ。新年度が始まったばかりの春のアトリエで、油画科四期生の四人が、ゼミの教授である森本から一喝される。最初の課題として提出された四人の自画像の仕上がりが、森本の目から見ると「まとも」以下だったのだ。一人ずつ辛辣な講評が吐かれるたびに、緊張感のあまり室温が少しずつ下がっていく描写に臨場感が宿る。「自分の絵を描け、自分だけの絵を！　その気がないなら、今すぐ筆を折れ」。以降も森本は冷血なスパルタ指導を行い、ゼミ生四人は怯えながらもなんとか食らいついていく。基礎力をつけ直す第一ターム、応用力を鍛える第二ターム、そして卒業制作に取り組む第三ターム。章ごとに登場人物たちの語りが入り乱れた多視点群像形式で、丸一年の日々が綴られていく。

父はアーティストで幼少期から美術エリートの道を突き進み、技術には定評のある猪上詩乃。見た目もファンキー、自分に足りない部分は知識で補強しようとアート界隈の動向を手広くチェックする、中尾和美。離島出身、若手画家の登竜門として知られる賞を受賞するなど誰もが認める天才ながら、コミュニケーションに難がある汐田望音。森本ゼミ唯一の男性で、自己主張はどちらかというと苦手で調整型、画風も穏やかな小野山太郎。四人は来し方も違えば、価値観や性格も四者四様、まったく違う。その違いが、四人の作品に如実に反映されている点が素晴らしい。五年前に森本ゼミで起きたアトリエ放火事件の犯人は？　太郎の過去に起きた事件とは？　望音が受け入れるか否かで悩んでいる提案とは？　教授会での森本のワンマンっぷりに反感を抱く、西准教授が仕掛けた作戦の行く末は？　作中には小さな謎やスリル、ミステリー要素が無数にちりばめられてはいるが、それらは読み手にページをめくらせる推進力を高める演出に過ぎない。この物語は徹底的に、アーティストの卵である四人の創作と、それにまつわる苦悩を見つめ続ける。

美大や芸大を舞台にし、青春の蹉跌にアーティストとしての苦悩を重ね合わせた物語は、これまで主に漫画やアニメの世界で表現されてきた。羽海野チカの『ハチミツとクローバー』(二〇〇〇年〜二〇〇六年)、山口つばさの『ブルーピリオド』(二〇一七年〜)などがそうだ。理由は明白、漫画やアニメは「絵」というビジュアル要素を含む表現ジャンルだからだ。それに対して小説は、ビジュアル要素を持たない。圧倒的不利であるにもかかわらず、本作は文章だけで「絵」のテクスチャーや優劣さえも伝達してくる。情報の量ではなく、密度や精度が重要なのだろう。どんな分野であれ「にわか」のオタクほど、愛ゆえの説明ベタで多弁を弄してしまう。アートにまつわるどの文章も濃密な説明ではあるが多弁ではない、絶妙なラインを突いているのは、これまで膨大なアートと触れ合ってきた著者の情熱と批評精神のなせるわざだ。物語の最終盤、ゼミ生四人のオリジナリティに満ちた卒業制作を描写する筆致には、完璧な説得力が宿っていた。

美大という舞台設定は極めて特殊だが、この物語を、自分の物語だと思えない人なんているのだろうか？　青春、友情、恋愛のみずみずしさ。家族という呪い、師弟愛に潜む加害性、学校という異次元空間の妙。そして、才能という言葉の魔力。

本作には、才能という言葉が幾度となく顔を出す。ゼミ生四人の画風が異なるように、この言葉の意味合いはそれぞれ微妙に異なるが、才能（の有無）という考え方は彼らの内側に深く根差している。その問いを放棄した瞬間、彼らは「自分だけの絵」を描くことができるようになっていくのだ。〈私には、望音の絵は描けない。和美や太郎みたいな絵も描けない。／でも同じように、私の絵だって私以外誰も描けないんだ〉。「自分」に、有無はない。だから才能の有無なんか気にせず、ひたすら描いて描いて、描きまくればいい。注目すべきは、森本教授の言動だ。この小説の中で彼だけは（過去を語る言葉は例外として）、目の前にいる現役生たちに対して、才能の一語を振りかざすことはなかった。四人にはある、と信じているからだ。

冒頭に掲げた説明の続きを、ここで明かそう。『ピカソになれない私たち』というタイトルに込められた二つ目の意味は、あらゆる「私」は、決して他の誰かにはなれないということだ。それは絶望ではなく希望である、とこの小説は高らかに宣言している。

この物語は、才能という言葉の、もしかしたら唯一ポジティブな使い方を提案することにも成功している。スランプに陥った望音に対して、太郎が〈望音には、才能があるもん〉と太鼓判を押すシーンが重要だ。その瞬間、望音の心に〈ずっと苦手だった〉〈才能という、実体のない言葉〉が沁み込み、スランプに陥っていた彼女に勇気を与える。〈自分に才能があるのかどうかは分からない。でもこうして誰かに才能があると信じてもらうことが、こんなにも勇気になるのだと望音ははじめて知った〉。

太郎は地元で実家生活を送っていた頃、自分にグラフィティの魅力を教えてくれた先輩・イノさんから「太郎のピースって、才能あると思うよ」と言われたことで、絵を描く楽しさに目覚めた過去がある。また、望音が詩乃に対して最悪の第一印象を抱いた理由は、美大予備校に通わず現役で合格した自分に対して「才能があるっていいねー」と言いながら、予備校で専門技術を身につけた自分の方が上だ、とマウントを取りにきたことにあった。言葉は、文脈の中で意味が確定する。発話者が相手の中にある才能を本気で信じたうえで、「才能がある」という言葉を相手に無償で贈与する時。その瞬間、古今東西の多くの人々を喜ばせる以上に苦しめてきた才能の一語が、ポジティブなパワーを発動することとなるのだ。

優れた物語は、言葉の本当の意味と、本当の使い方を教えてくれる。この小説は、優れた物語である。

本作執筆後の著者の動向を記しておきたい。デビュー作路線のアートミステリーとしては、初挑戦のシリーズものである「コンサバター」（既刊三巻）が人気を博している。大英博物館の天才修復士であるケント・スギモトと助手の晴香が、古今東西のさまざまな美術品にまつわる「謎」を解いていく。個々の案件ごとのクオリティはもちろん、巻を追うごとにスケールアップする物語は堂々たるエンターテインメントで、今すぐNetflixでドラマ化してほしい仕上がりだ。

本作に直結する〝ミステリー弱め&アートやカルチャーの作り手にまつわるドラマ強め〟路線も順調に花開いている。茶道文化と真正面から向き合った『飛石を渡れば』（二〇二二年）、最新作『ジャポニスム謎調査　新聞社文化部旅するコンビ』（二〇二二年）がそうだ。アートをきっかけに運命が動き出す、あるいはアートに人生を助けられ支えられていく人々の群像を綴った独立短編集『光をえがく人』（二〇二一年）は、本書を手に取った人にはぜひ読んでもらいたい。二〇二〇年六月の香港国家安全維持法の施行直前と思われる時代を舞台にした、第三編「香港山水」は特に素晴らしい。水墨画家の成龍は、香港の自治を叫ぶ社会運動に参加しない。周囲にその態度を批判されているることを知りながらも、ひたすら制作を続けている理由はなぜか？「こうした態度が僕なりの社会へのメッセージであり、暴力への抵抗なんだと思っています」。国家暴力により自由が根こそぎ奪われつつある社会で、描き続ける自由を行使することには大きな意義があるのだ。香港中文大学大学院美術研究科修士課程修了という経験が生かされた、著者にしか書けない一編だった。

一色さゆりの小説は、何を読んでも「この人にしか書けない」と思わせられる。本書をきっかけに、二冊三冊と読み継いでいってほしい。

——書評家

この作品は二〇二〇年三月小社より刊行されたものです。

ピカソになれない私(わたし)たち

一色(いっしき)さゆり

令和4年9月10日　初版発行

発行人――――石原正康
編集人――――高部真人
発行所――――株式会社幻冬舎
〒151-0051東京都渋谷区千駄ヶ谷4-9-7
電話　03(5411)6222(営業)
　　　03(5411)6211(編集)
公式HP　https://www.gentosha.co.jp/
印刷・製本―中央精版印刷株式会社
装丁者―――高橋雅之

幻冬舎文庫

ISBN978-4-344-43226-0　C0193　い-64-4

この本に関するご意見・ご感想は、下記アンケートフォームからお寄せください。
https://www.gentosha.co.jp/e/